你好，有故事的陌生人

丛平平 著

中国画报出版社 · 北京

图书在版编目（CIP）数据

你好，有故事的陌生人 / 丛平平著. -- 北京 ：
中国画报出版社, 2018.1
ISBN 978-7-5146-1394-0

Ⅰ. ①你… Ⅱ. ①丛… Ⅲ. ①故事—作品集—中国—
当代 Ⅳ. ①I247.8

中国版本图书馆CIP数据核字(2017)第314947号

你好，有故事的陌生人
丛平平　著

出 版 人：于九涛
责任编辑：魏姗姗
责任印制：焦　洋

出版发行：中国画报出版社
地　　址：中国北京市海淀区车公庄西路33号　邮编：100048
发 行 部：010-68469781　010-68414683（传真）
总编室兼传真：010-88417359　版权部：010-88417359

开　　本：32开（880mm×1230mm）
印　　张：8.75
字　　数：160千字
版　　次：2018年2月第1版　　2018年2月第1次印刷
印　　刷：河北鹏润印刷有限公司
书　　号：ISBN 978-7-5146-1394-0
定　　价：39.80元

如果爱，请纯粹地爱，把爱情还给爱情。

当你发现自己喜欢的人，恰好也在喜欢你，这大概是这个世界上最幸福的事了。所以，如果你也喜欢着某个人，就勇敢地去告诉他（她）吧，不管结局怎样，都不要错过了。

所有随风而逝的都是属于昨天的，所有历经风雨留下来的才是面向未来的。

世界那么大，看也看不完；人生那么多款，愿你都知道并拥有适合自己的那一款。

我们这一生，似乎总是在被推着走，却在每一条分叉上，都留下了认真开垦的痕迹。

我真的爱你，闭上眼，以为我能忘记，

但流下的眼泪，却没能骗过自己……

FUJICA
STX-1
X-FUJINON·Z
1:3.5-4.5 f=43-75mm DM

每个人心里都有一道伤疤，那是最爱的人为你留下的刻骨的印记。

在那些什么都没有的时光里，幸好我拥有你呀。所以那些单纯的快乐与幸福，便让我们在最好的年华里，觉得已经拥有了全世界。

生命中来来回回，每次都要遇到那么多擦肩而过的人。他们给予的小温暖，是这世间最温柔的礼物。

每一个生命都值得尊敬和珍惜，每一个生命都渴望有人陪伴，哪怕是一只猫。即便是一个流浪汉，他也有他的孤独。

那些或许波澜壮阔，或许痛苦隐忍的人生，也许我们从未经历过，但总有人讲给我们听。

世界会因为陌生人的信任与热情，变成小小的一个点。

不要轻言放弃，爱情没有你想象得那么脆弱，只是我们把它弄得很脆弱。

目录
Contents

第 2 章 — 至 亲

第 3 章 — 小传奇

第 4 章 — 青春期

第 5 章 — 旅行者

第 6 章 — 小确幸

序一：人生那么多款，愿你拥有自己喜欢的那一款

2017年7月，卖故事的店开业整整五年了。

我也不知道为什么会在那个夏天突然头脑发热开了这么一个收到一堆“你这儿到底是卖什么的”“掌柜你是不是疯了”“你是骗子吧”“不就是想红”“凭什么要花钱买你的故事”等奇怪留言的店。

一直到前几天，还有人拍下配图是一把小提琴的故事，之后不断追问为什么他没有收到那把琴。

其实店里还有故事配图是钻石戒指、金镯子、劳斯莱斯……标价也都是一块钱，因为店铺的原创配图大部分来自我的好友狮子羊，她是一位婚礼人像摄影师，所以……

虽然每一篇都详细写了说明，做了专门的链接放在店里，

仍然常常被质问、退款以及差评，一开始愤怒，后来委屈，再后来，就习惯了！

再再后来，想想觉得也没有不开心的必要，因为店里快要有一千个故事了，距离我一千零一夜的愿望近在咫尺。店在淘宝也早就是皇冠店铺，每一次升级都是大家的好评换来的。

不好的事情终归是少数，我从这间店铺里得到的温暖，要远远大于这些负能量，在故事店发生的任何事情，如果算不上“故事”，那就算“事故”吧。

就这么稀里糊涂地，一晃五年就过去了。

五年里，很多事情都变了。时过境迁。包括我自己，也包括在店里寄存故事和阅读故事的人。

有在寄存故事三年后再来写后续的，于是有了故事的“后来”。

有看到别人写的自己，也要来写一段自己眼中的别人，所以有了故事的AB面。

有因为遇见跟自己相似的故事，很想去认识故事的主人，并萌生也要记录人生的念头。

当然也有人来跟我说，我可以删掉那个故事吗，不想寄存了。当然可以呀，每个人都有选择的权利，某一段人生的“删除”键，永远掌握在自己手上。有些回忆，如果删掉后自己会快乐，那就不要它了，也没什么可惜的。最好的结局是，故事写下来放在故事店，心里像是一块石头落了地，过段时间觉得删掉吧，一切都已过去，故事删掉了，痛苦也从心里删掉了。

除了这些琐碎的快乐或忧伤之外，还有死亡。

五年期间，经历了两次实实在在的死亡。

第一次是《锅炉匠的儿子与小提琴老师》，在“小黄书”《你好，有故事的人》第一版即将上市的那个月，故事里的爷爷去世了，没能让他读到自己的故事。

第二次，是采访过的一个小男生，就是本书中《有一种幸福，叫旅途有人捡》的主人，当时做旅游行业的一个朋友把他介绍给我，说他是个很爱旅行的孩子，有很多旅途故事可以讲给我听。我们约在山西路的星巴克，那是一个夏天的晚上，从七点多一直聊到星巴克打烊，然后他送我回家，约着说下次带我去采访他的开酒吧的朋友。他是在新加坡留的学，采访中说了很多狮城美食，那时我还没有去过新加坡，我说以后我去新加坡的话一定要找他问攻略，要是时间刚好的话就一起去呀。他笑着说好，一定给我推荐好吃到哭的好吃的。

但谁也没有想到，那是我们唯一一次见面，也是最后一次。

我并不是第一时间获知他去世的消息，只是有一天突然发现他那个故事后面多了几条奇怪的评论，“天堂啊”“一路走好”的字眼那么扎，我便找了一条公众号后面的留言去问留言的人，这才知道，他因为一场车祸，已经离开了这个世界。

我的录音笔里至今还保留着那晚的采访录音，却不敢再听了。

你看，人生这么无常，每一秒的“后来”，都不知道会发生什么，所以寄存在故事店的所有故事，也都不是静止的，它们的后来，可能会让我们知道，也可能不会，但它们的主人还在这个世界的某一个角落，继续着他们独一无二的人生。

我们之间，就像无数条交叉的直线，故事店是中间的交点。而本书就是将交点变成纸张，成为永远的纪念。

2013年，“小黄书”《你好，有故事的人》第一版上市，到现在已是四年过去了，经历了加印、断货、加印、断货……这次再版也是一个偶然，谢谢编辑同学允许我把后来的故事加入这本书，重新做了布局与章节，让它有了一个“前世今生”。

前世留下的记忆，今生总有一个相似的灵魂与你相遇。

这五年里，也有人说，店里的好多故事都好无聊啊。是啊，很多故事都平凡得不能再平凡，我也有过很多次在“审稿还是严厉一点儿吧”和“还是不要那么严格了，让更多的人都能分享自己的故事好了”之间纠结。可后来想想，人生哪有那么多波澜壮阔呢，真实的生活，谁也无法去粉饰它的样子，有时候，很平常的一个故事，对于故事的主人，却是一辈子都会铭记的经历。

我想，故事店可能就应该是这样的，有很多很多种人生，平平淡淡的、波澜壮阔的、循规蹈矩的、轰轰烈烈的……无论我们自己正在经历着哪一种，都可以在这里看看别人的生活。

世界那么大，看也看不完；人生那么多款，愿你都知道并拥有适合你的那一款。

丛平平

2017-10-20

序二：故事背后的故事

2012年7月，我在淘宝开了一家名叫“CY故事”的小店，“CY”取自“创意”和“诚意”。本来只是作为一个上了年纪的女青年对自己迷茫的未来做出的小小挣扎，没想到会一步一步走到今天。

关于这个小店最初的设想，是某天我闲得无聊，与要好的编辑水果聊天时的灵光乍现。说起来一点儿也不高端大气上档次，当时我只是想开一个有偿陪聊的网店罢了。对于多年给杂志社写小说的我来说，陪聊不仅能挣钱，还能收集素材，更能满足自己作为一个八婆的好奇心，多好！不过，幸好水果及时提醒我：“你确定别人会愿意付钱找你聊天？”

这个问题确实值得思考，我越想越觉得这项服务有点儿像午夜情色电台节目，果断作罢！其实有些所谓的创意，不过是将一个寻常的念头调转而已——从想得到别人的故事，变成把自己的故事分享给别人，我的想法掉了个头，于是，就有了这个故事店。至于为什么是卖故事，说句老实话，因为我除了会敲点儿文章、挣点儿稿费之外就没别的手艺了。

事实就是这样的，如果我有足够的审美能力并且会算账，我可以开服装店；如果我会烧菜且有本钱，我可以开饭店；如果我胆子大且跑得快，我可以去摆地摊……总之，如果我会干别的，可能也不会有这个卖故事的小店。

所以，这个店是这样一种产物：一个身无所长的大龄女青年对自己的现状很不满，她在闲得无聊的时候迫切想知道别人是怎么生活的，她觉得应该有人也像她一样，好奇除了自己以及自己认识的人以外，那些陌生人是怎样生活在这个世界上的。

于是就这样开始了，我把从四处听来的故事写下来，然后标价一元上架出售，其实不付钱也能看，付款完全是一种自愿行为，我对每一个看完故事的人没有任何约束：如果读者看完故事之后什么也不做，我也不会做出任何抗议；当然也可以点击购买，花一块钱，为自己从这个故事里得到的任何一种感觉买单。

小店开了一年，慢慢被越来越多的人知道，有很多素不相识的人也来跟我讲他们的经历或是听到的故事。时至今日，这个小店不仅完成了它的使命——展现了这个世界上各种人的不同人生，在开店的过程中，很多东西还被一点儿一点儿放大，故事店所做的已经不仅仅是“展现”部分人生，而是慢慢开始影响那些看故事的人，“影响”他们的人生。第一次觉得我的故事店对别人有了真实的“影响”是在某个深夜。一个男生在旺旺上给我留言，他说：“我不知道你们这个店有什么样的魔力，让我的前女友半夜给我打电话，泣不成声，我们已经分手很久了。”

我无从得知他的前女友是看了哪个故事感同身受的，应该是关于爱情的吧。店里的爱情故事很多，分分合合总是相似的，很容易在故事里看到自己，为别人的故事流泪，最后也为自己哀伤。不知道有没有因为看了故事店里的故事而重新在一起的人（如果有，一定要去店里告诉我）？那个深夜的留言，也让我重新审视了自己，这些故事，也许真的是有力量的，所以，值得我坚持下去。

再后来，故事越来越多，故事背后的故事也慢慢变得更多了。

还有一个故事，是收录进这本书里的《有些人你永远不必恨》，说的是一个女孩和她爸爸之间的恩怨。这个故事在店里反响不错，好几个人给我写了很长的评论，其中一个人这样写道：

晚上在微博上看到，随手点开，直接击中泪点，然后独自在洗手间里哭……怕影响孩子休息，独自流泪直至深夜。早上上班路上在公交车上又看了一遍，依然无法抑制地哭了。我是单亲家庭长大，和主人公有些相似的地方，但是不同的是我的童年充满幸福。我凭着爸爸给我的十一年的童年记忆，独立、坚强、自信地长大，直至现在，虽然父亲离开我已二十年，每每想起也是满满的爱。我们都会长大，无论父母给予的是什么。主人公的父亲其实是爱她的，文末她毅然选择了原谅，让我觉得这世上哪有过不去的坎，祝福她，希望她能够找到疼她爱她的老公，希望将来老公的家人可以对她视如己出，她幻想的那幅画面也不是不可能，总之，祝一切安好……

而另一条是这样写的：

挺感动的，我爸爸对我很不好，去年父母离婚了，看了这篇文章我决定原谅他，所以刚刚打了个电话给他，决定不恨了。

这两条评论我都第一时间发给了讲这个故事的女孩看。我想她看到这些一定不会后悔分享这个故事。她的故事，真正“影响”了别人的人生。

如果非要说“CY故事”存在的意义，这些就是其中很重要的一部分。

对于未来的期待呢？当然有，我希望有一天，可以拥有属于自己的《一千零一夜》，真人版。

最后要感谢一些人：一直为故事店提供原创图片的狮子

羊，一直在背后默默支持我的美工佐佐，一直在我找不到故事的时候为我提供素材的七月蔚蓝，以及这本书的编辑果子李……还有很多很多的小伙伴，你们都是故事背后的另一个故事。

致所有读者：

这可能不是一本多么深刻的书，但一定是一本能够让你想起很多人和很多事的书。

第 1 章

初　见

故事店里出现最多的就是爱情

无论你拥有多么平淡无趣的一生

也总有一瞬间

为谁心动过吧

人生若只如初见

城市：南京

讲故事的人：泡沫

我大学毕业之后的第一份工作，是在一家软件公司做美工，工资很低，但也不忙，适合养老。我觉得自己一个朝气蓬勃的应届毕业生哪能这样荒废光阴，再这样混下去迟早要被社会淘汰，于是思来想去，决定去学点儿什么。

因为我的工作跟美术有关，自己也很喜欢画画，于是就到南京艺术学院报了个设计培训班，光学费就交了七千块。这对当时的我来说，可不是一个小数目！不过这样也更让我下定决心好好学，起码要对得起这七千块钱的学费。

所以从那以后，每天一下班我就背着画板，转两趟车，跑到南艺去上课，风雨无阻。

培训班上有个特别好玩的男生，年纪跟我差不多，很活泼，上课的时候总喜欢调侃教我们画画的老师。那个老师也特别腼腆，被学生逗两句就满脸通红，惹得我们哈哈大笑。

我很喜欢这种轻松愉快的学习氛围，跟以前大学里沉闷的课堂比起来，这种其乐融融的感觉好多了。但可能因为大家都是“编外”学生的缘故，彼此之间也没有特别多的交流，各上各的课，各回各的家。我跟那个爱开玩笑的男生，也不过是点头之交而已。

我家离学校很远，每天上完课之后都要在南艺大门旁边坐二十九路车回家。有一天，我在站台等车的时候，忽然发现站台另一头站着那个上课搞怪的男生。这么多天，我还是头一次遇见他。虽然不是很熟，可又的确认识，我心里一直在犹豫到底要不要跟他打招呼呢？打招呼的话，说点什么好呢？这种感觉特别尴尬。我就这么纠结着纠结着，车子来了。我悄悄松了一口气，开始翻包找公交卡，也不知道是怎么了，平时顺手就能找到的公交卡，那天却翻来翻去也找不到。

这时候，那个男生已经走到我前面，抬手刷了公交卡，然后回头对我说：“别找啦，我帮你刷了。”我更尴尬了，连忙谢谢他，跟着人流往车子里面走。

人还蛮多，没有座位，我们俩就这么一路站着，还是什么话都没有说。那段路，我心里真是纠结死了，想继续找公交卡又不好意思，也不知道这男生为什么要帮我刷卡，又想着人家帮我刷卡了是不是该主动说点什么，可是说什么呢，我也不知道呀！就这么一路纠结到下车，我们还是什么都没说。

从那之后，也不知道是不是我俩的缘分到了，第二天回家，我跟他又是一前一后到那个站台，好像提前约好似的，一人站一头，谁也没开口说话。车来了，这回我抢在他之前帮他刷了卡，对他说："今天我找到卡了，还你昨天的。"他只是笑笑，也没说什么，我们又是一路无语。

之后的每一天，我都会在站台遇到他，但我俩还是没有交谈。慢慢地，一个学期结束了。第二学期开始，我们分班，我继续学平面，他去上室内设计，我们不在一个教室上课了。每天下课后的二十九路站台就只剩下我一个人，站在站台的一端孤零零地等车，好像一架天平失去了平衡，但因为之前也没什么特别的交集，久而久之，我也慢慢忘记了那个男生。

直到有一天，我下课走得晚，到站台的时候，忽然发现站台那头有个熟悉的身影。在看到他的一瞬间，我心里竟然抑制不住地一阵狂喜，但还是不好意思主动跟他打招呼。

他也看到了我，对我笑笑。车子来了，他依然抢在我前面，帮我刷了卡。我们从这次才算是有了第一次正式的聊天，问对方叫什么名字，交换了电话号码。其实我一直是个谨慎的人，但那天，我想也没想，就把自己所有的信息都告诉了他。

接下来的事情就顺理成章了，他约我看电影、吃饭、轧马路、聊天……我惊奇地发现，原来这个世界上竟然真的有一个和我这么合拍的人！我想什么他都知道。他身上没有任何事情让我反感。这个人在身边，我会充满安全感和满足感。

我们就这么相处了三个月，三个月之后，我们决定结婚。

当我跟家人说起这件事的时候，我妈问我："你为什么要跟他结婚？他是做什么的？父母什么职业？是本地人吗？家里有房子吗？有车吗？一年挣多少钱？"

我这才意识到，关于这些问题，我根本什么也不知道！这三个月里，我除了知道他的名字跟手机号码以外，其他一概不知。我也没有问过，只是全心投入到这场纯粹的上天赐予的感情里面，将其他一切都置之度外。

但对于我的家人来说，我这么稀里糊涂地决定了自己的婚姻大事，显得那么幼稚和草率。我爸更是生气到极点，骂我没有脑子，竟然要跟一个来路不明的人结婚。

我当时没有急也没有气，非常淡定又坚定地跟家人说："我就是相信他这个人，就是要嫁给他，只要是这个人就好了，其他任何事情，都不在我的考虑范围之内。"

就这样，我在跟他认识只有三个月的情况下，就领了证，结了婚，嫁给了他。父母因为我的坚持也接受了他。我想，当时他们一定很忐忑吧，可能已经做好了我被伤害的准备，只是被我的固执弄得没有办法而已。

但幸好老天是眷顾我的。到现在，我们的女儿已经快六岁了，我们在一起的每一天，都依然跟当年一样合拍。他玩游戏的时候，我会在旁边陪着他；我遇到烦恼睡不着，哪怕深更半夜把他弄醒，他也会耐心地帮我分析；很冷很冷的冬天，不管多晚他都会去接我下班；我要是一个人加班，他就会到我单位陪我，等我一起回家……

也许我真的很幸运，可以遇见这样一个人，我们如此合拍，并且，可以一起相知相守这么多年。我们握在手中的每一天，都跟当年一样美好。

我妈常常说："当年你花了七千块钱的学费，最大的收获就是找到了一个好老公。"

回想我们从相遇到今天的点点滴滴，真是一场奇遇。人生若只如初见，说的大概是在对的时间、对的地点遇见了那个对的人，然后你不顾一切地抓住了他，一切都如初见那般美好。

评论：这是我来店里看的第一个故事，羡慕这种爱情，平淡中不失浪漫。曾几何时我们都有过那么一个朦胧又心动的人，但很多人，譬如我，掺杂了太多的“冷静”，于是这份朦胧掺杂了太多的复杂色彩，于是心动变得不再纯粹。人总会被外部条件所累，像女主人公这样简单的女生更容易幸福。真心地祝福他们。

薛××（匿名）

有帅哥在奶茶店等你

城市：上海

讲故事的人：叶绿

故事的女主角是我的同学，第一次听到这件事的时候，我脑海里浮现的是《大话西游》里的那句台词：我猜中了开头，却猜不到结局。

女生是我们读书时每个班都会有的那种好学生，她简直就是学生守则的真人版——戴着厚厚的眼镜，两耳不闻窗外事，一心只读圣贤书，上课总是最认真的一个，老师提问没人回答的时候会喊她起来，她一定会说出标准答案。

当然，每个班上除了这种好学生，还有另一种学生也是每个班基本都会有的，再不济每个学校也得有那么一个——长得帅，爱运动，性格开朗，是全校最受欢迎的男生，被无数怀春少女睡着、醒着惦记，这就是故事的男主角。

本来，这两个人根本不会有什么交集，大概男生都不知道女生叫什么名字吧，反正好学生跟他也不是同一类人。但跟很多小说惯用的桥段一样，一次老师调座位，他们成了同桌。

那样的男生，哪个女生不喜欢呢？好学生也是人，也会有萌动的春心，没过多久，好学生就开始暗恋她的新同桌了，但是，也只是暗恋。她会每天早早地就把作业做好，为了给男生抄；男生上课睡觉的时候她负责掩护；还时不时“顺便”帮他买早饭；他打篮球扭伤了脚，她特意去帮他买药，却嘴硬说是家里凑巧有；还会经常“发错”短信，提醒他下雨要带伞，降温多添衣。

不管什么样的女生，对自己喜欢的人，招数都是相似的。

这种“凑巧”的次数多了之后，同学都能看出来她喜欢他。但是她从来不承认，不管大家怎么问，怎么打趣，她都会说怎么可能啊，我跟他根本不是一类人。

当然，男生也根本不缺女朋友，并且，换女朋友的速度之快，一学期可以集齐十二星座。那些女生个个漂亮抢眼，与戴着厚厚眼镜、只会埋头苦读的她比起来，实在也不是一类人。

就这样，时间过得飞快，一直到毕业，她都没有跟他说过一句关于表白的话。毕业的那天，男生主动提出送她回家，那条路平时多长啊，可是那天，好像还没有走就已经到了尽头。

他在夕阳下挥手跟她说再见，看着男生远去的背影，女生觉得自己的青春就这么渐行渐远了。

后来，女生去美国留学，和男生再也没有联系。如果你以为这就是结局，那就大错特错了，那样的话都不值得我讲这个故事，故事还在继续。

很多年以后，女生无意间听说那个自己暗恋了多年的男生在大学期间创业，回到了母校，就在学校旁边开了一间奶茶店，她一直想回国去那家奶茶店看看他，却始终提不起勇气。终于有一天，女生百无聊赖，上网瞎逛，逛到自己母校的贴吧，于是发了个帖子，问大家知道不知道学校附近开了一家奶茶店。

学弟学妹纷纷跟帖说，有啊，里面的老板好帅，我们都叫“帅哥奶茶店”。但是帅哥现在已经不开店啦，他把店转给了别人。

有人问，你找帅哥干啥？是不是想追他啊？

女生被勾起了曾经的回忆，想到已经事隔多年，应该不会有人记得这段往事，于是就回帖说我是你们的学姐，以前读书的时候我一直暗恋他，但是不敢表白，想看看他现在变成什么样子了。

女生开始慢慢回忆以前他们同桌时的情景，本来只是随便写着玩玩，没想到这个帖子竟然越来越火，盖了许多楼，追看的学弟学妹都当成偶像剧直播了。

女生害怕事情闹大，本来就是自己的一点儿回忆而已，就去申请删帖。

只是，远在美国的女孩不知道，这个帖子已经被之前两个人共同的同学看到了，并第一时间跑去告诉了男生，同学说："学校贴吧里面有个帖子很火，你快去看看，他们说男主角就是你！"

男生真的去看了，那些曾经的点点滴滴让他一眼就猜出发帖的人是他当年的好学生同桌。

过年的时候，女生回国了，有同学约她出来玩，她当然去赴约啦，到了却发现，来的那个人，竟然就是当年自己苦苦暗恋的那个他。他还跟以前一样，帅得要命，只要笑一下，就会让她晕死在笑容里。

男生好看的笑脸直逼已经吓呆的她："你为什么不早说呢？那时候我也喜欢你啊，只是你一副好学生的样子，又总是说跟我根本不是一个世界的，我不敢承认喜欢你，更不敢追你。"

现在他们已经在一起了，等女生一毕业就结婚，这才是故事最后的结局。

当你发现自己喜欢的人，也恰好在喜欢你，大概是这个世界上最幸福的事了。所以，如果你也在喜欢着某个人，就勇敢地去告诉他（她）吧，不管结局怎样，都不要错过了。

评论：幸运的是我现在也遇到了这样一个人，跟女主角一样不敢告诉他。我跟他差距太大了，现实的距离真的比精神的更难跨越。看到了这个故事我决定要再努力一下。

建×（匿名）

我在厕所的壁灯下爱上一个男人

城市：上海

讲故事的人：莉莉

我从诺丁汉回来的那年二十六岁，才踏上祖国的土地，还没来得及尽情地讲几句中文，找对象的问题就像路边小饭馆里十三香小龙虾的味道那般扑面而来。

我怎么就要去相亲了？怎么就得去相亲了？怎么就必须找到一个男的挽在手里证明自己有能力、有魅力，身体、生理都没病了？

但是不管我怎么百思不得其解，相亲这件事还是被正式提上了日程。我知道家人都担心我嫁不出去是有根可循的：我小时候一直是个胖子，不是现在很多姑娘纸片儿似的还喊着

“我要减肥”那种，我是一个滚圆滚圆的货真价实的胖子。所以，确切地说，我还没有正正经经地谈过一次恋爱，尽管如今的我已经没有当年那么胖了，成功跻身微胖界，尽管在英国也有一些国际友人对我表示过好感，但是，我还真的没有任何实战经验。

到了二十六岁感情还是一片空白，我对自己也很绝望，常常会想，这个世界上真的会有一个人在等我吗？如果等到我八十岁他才出现，那时我老眼昏花、老年痴呆、大小便失禁，还能不能有机会向他展现我的美好？

为了避免八十岁时相见恨晚，我的相亲生活就这么开始了，我自己圈子小，就只能接受别人的安排，哪怕是揠苗助长。

我的第一个相亲对象，是爸爸朋友的亲戚家的孩子。我们约在某个商场见面。我爸带着我。我爸的那个朋友带着他。我看到爸爸的朋友叫了声伯伯，这是见到长辈最起码的礼节，但是那个男孩看到我爸就跟没看到一样，一点儿反应也没有，给我的第一印象就不是太好。

也许人家是紧张吧，或者没有叫人的习惯，我在心里这样安慰自己。两个带我们过来的大人适时地找个借口走了。我们俩就找个地方坐坐。他主动提议说去哈根达斯，于是我们就去了哈根达斯，接着开始聊天。大概是因为知道我当时是在我爸的公司上班，他的第一句话就是：“你这样多好呀，反正公司是你家的，多轻松，每天上班什么也不用干吧！”

他明显误解了，一方面我在我爸公司只是暂时过渡，另一方面，我并没有像他说的那么轻松，因为缺乏经验，我举步维艰，非常用心地跟前辈学，也因为“老板女儿”这个身份压力很大。我想为自己澄清一下，于是跟他说：“也没有啦，还是有很多东西要学，很累……”

他听完不可思议地眨眨眼，一副我说了个笑话的样子，带着很奇怪的表情对我说：“怎么可能，我的一个同学，也是富二代，就在他爸公司上班，给他弄了个职务、挂了个头衔，平时根本不去公司，啥也不干就拿工资，你们富二代都这样。”

他说完我都不知道要怎么往下接了，只好尴尬地笑笑，不知道他怎么给我扣上了“富二代”的帽子，于是就把话题转移到他身上。他是做审计的，一说到自己的职业，他的表情顿时不一样了，一副居高临下的样子，无比骄傲地说：“我们这个工作啊，平时都是别人求着我们，很吃香的……”

我听他口若悬河地夸赞着自己的职业，渐渐开始走神，虽然他说的每一个字我都能听懂，但是我的脑子里一片空白，这场相亲眼看着是进行不下去了。我想嫁的是个谦逊有礼、低调稳重的男人啊！显然他不是我的菜。好不容易熬到吃完饭，结账的时候，我抱着不能欠他一顿饭的想法拿出钱包买单，他立马拦住我说：“我来我来。”

只见他从口袋里摸出两张代金券来，笑嘻嘻地跟我说：“我们单位发的。”

我的头顶顿时飞过了无数只乌鸦，这是我们第一次见面啊！但是，也没有下次了，也许这是个懂得居家过日子又有份好工作的男人，可惜，他不适合我。

第一次相亲就这样以失败告终，紧接着没多久就过年了。我回到乡下老家，一进入本村范围我就发现，全世界都知道我找不到对象了！这种发现来自于某天我大娘站在马路上跟一个骑着三轮车卖桶的素不相识的老头儿十分忧伤的对话。

“我侄女还没有对象呢！”

卖桶老头儿也忧伤地回应她：“我有个亲戚家的孩子也没有对象，是个男孩儿，大学毕业没几年，孩子可老实了！”结果这两人一拍即合，办事效率极高，过完大年初一马上就安排了我跟那个老实的大学生相亲！

当时我心里的悲凉油然而生，我怎么就沦落到站在大马路上让素不相识的人给我找对象的地步了呢？那场莫名其妙的相亲显然是失败的，直到见面时我对那个相亲对象还一无所知，只知道是个“男的、活的”，仅此而已。从头到尾那个男孩子也没说一句话，仿佛是被绑架来的。我们俩就像是走在大街上擦肩而过时被同一块砖头砸中的两个路人，除了郁闷还有莫名其妙。

新的一年开始，我步入二十七岁，家人越来越急。我妈有一天忽然逼我去人民广场参加相亲大会，如果我不去，她就带着我的照片自己去，甚至到处打听如何上《非诚勿扰》。我常常听到她给人打电话，问人家有没有合适的男孩儿。后来我一个姐姐还真的在我妈的威逼之下给我贡献了一个资源。男孩儿在苏州，是她亲戚家的弟弟。我和我妈在一个高温警报的大热天跑去苏州，热得人仰马翻。

这个男孩儿倒是挺好，头天晚上带我们在七里山塘玩，第二天又大老远跑平江路来请我们吃饭，来的时候还特地买了桃叶渡的酸奶，说是来苏州一定要尝尝的，怕我们没有买到，十分贴心。

一连两次见面我们聊得都很好，什么话题都能聊上，完全不冷场，但是，这种“聊得太好”在相亲中也是大忌，因为我们彼此都不来电，矫情一点儿说就是缺少“感觉”，相信这是很多相过亲的人都遇到过的。两个人条件相当，也有共同话题，都没病没不良嗜好，理论上这就该成了，如果是合作关系，还真的就可以成了，可是偏偏没有“爱情的感觉”。

“聊得来”的两个人可以成为朋友，但不一定能够结婚过日子！

把相亲对象聊成了哥们儿之后，我姐又从同学的同事那儿找了一个男孩儿。我们见了面，对方人也不错，但还是上一次的问题，不来电。

这也很正常吧，我又不是降价打折商品，怎么就不能按照自己的心愿去找一个自己觉得对的人呢？结婚不就是因为爱情吗？怎么就偏偏变成了与爱情无关，而是与工作、家境、学历等等不相干的东西绑定了呢？我真的不希望自己这一辈子，从来不知道什么是“心动”，就这么糊里糊涂地过去了。

那段日子我简直快被逼疯了，一直想要离开我爸的公司另谋出路，投了很多简历、面试了很多家也没结果，找对象又找不到。我年迈的奶奶常常从老家打电话来，一开口就是“孩子，你要是再不找对象，我都不知道能不能等到了！”

这种话听起来简直万箭穿心，我恨不得立刻就上大街拉个男人生出个孩子来给老人家宽宽心。

当时我的人生真是走到了低谷，甚至跟姐姐去灵隐寺烧香。早上六点多从西湖附近的酒店打车过去，心里无比虔诚。其实也许并不是为了能够让上天赐给我什么东西，而是希望在未来的日子里，我仍然是一个坚持本心、懂得去爱的人。

好在，回想起那段时光，我现在终于可以说，我还是幸运的。

那年的十月，我迎来了人生中的转折点，先是终于得到了一份自己满意的工作，接着没多久，我就遇见了一个人，而且那种“对了”的感觉，在一瞬间冒了出来。

也是相亲。我们约在某酒店的一楼大厅，我爸跟带男孩儿来的伯伯刚好有事要谈，就扔下了我们俩。

那天人很少，服务员大概是无聊又不想让人觉得自己无事可做，一直很殷勤地给我们加水，所以我们俩都喝得肚子溜圆。后来熟了之后他才告诉我，其实他中途一直想上厕所，但没好意思说。

我说，我也是。

他个子蛮高，戴着眼镜，斯斯文文，话也不多。第一眼看到他，我就在心里窃喜，靠谱！倒不是说他有多帅多英俊，纯粹是一种感觉，就好像同样一份红烧肉，有时候端上来就是你想象的样子，有时候却不是。

而他，就是一盘我想象中就该是那样的红烧肉。

我们不知不觉坐了一个下午，临走的时候他去洗手间，我也去了。出来的时候，我们俩是同时从洗手间里走出来的。那家酒店的男女洗手间门对门，所以我们同时推门出来的时候刚好看到彼此，当时洗手间门口的那盏灯亮得很暧昧。灯光柔柔地洒在他的脸上，让他整个人看起来温暖无比。

我当时就立刻放心了，真的是放心的感觉，因为就算这次成不了，我也知道了什么是“心动”。

不过后来才发现真是不能相信灯光，比如那些珠宝店里打了光的首饰，还有商场里灯光下的衣服、包包、鞋子，等等，都有色差！

色差是第二次约会的时候发现的，这回我们换了个正常的地方。他一出现我就大跌眼镜，怎么这么黑！但是，当你觉得一个人“合适”的时候，他的黑白、高矮、胖瘦都已经不那么重要了，重要的是感觉。

我们去年结婚了。

我想，也许每个人真的都有一个另一半的配额留在那儿，不管前路多凶险，多漫长，总是有机会遇到的。当然，我说的只是可能，并不是每个人都能等到那个配额出现。

可是，如果不等，那会不会一辈子都不知道？如果等了，一辈子都等不到又该怎样？

人生因此而不同吧。

评论：我就是这个故事里的妹妹，真人出镜写评论能不能多些点击率，哈哈哈哈！那几年不断相亲的日子现在想想都头皮发麻，我曾经真的觉得自己这辈子都不会再遇到爱情，不知道所谓的荷尔蒙扩散是什么感觉，灰心极了！但幸好撑过来了，没有真的随便找个人结婚，好不容易投胎当一回人，凭什么让我将就！我和他现在偶尔也会有争吵，但我不后悔嫁给他。

莉莉

原来香水可以喝

城市：上海

讲故事的人：娜娜

我的爷爷奶奶今年都八十多岁了，身体康健，耳聪目明。两人最大的爱好就是相互抬杠，不管对方说什么都一定要争辩几句，谁也不让谁，经常为一件鸡毛蒜皮的小事争得面红耳赤。但如果告诉他们既然合不来那就分开过好了，反正子女多，每家都可以照顾，这个时候，他们就一定会调转方向一致对外，反正，谁也别想把他们分开。

爷爷和奶奶这辈子的故事，说也说不完。他们一起走过了最困难的日子，一起经历了生活的磨难。他俩所有的故事当中，我唯独最爱一件小事。

爷爷家是个大家庭，有很多成员，奶奶当年年轻漂亮又能干，嫁过来后很得夫家喜爱。小两口也很恩爱，爷爷有文化又儒雅，奶奶端庄大方，两个人情投意合，甚是甜蜜。

但这种日子并没有持续多长时间，爷爷奶奶婚后不久，爷爷就因为工作关系被调去了很远的地方，一年也回不了几次家。全家大大小小的事都落在了奶奶的头上。奶奶一下子变成了民国电视剧里掌家的大少奶奶——要负责家里上上下下的各种事务，要协调家里每个成员之间的关系，要让大家都吃饱穿暖，还要平均分配，避免家庭矛盾。

十几口人的大家族，在那个物质匮乏的年代，实在是度日艰难。为了当好爷爷的后勤，让他在外安心工作，不为家里的事情操心，奶奶一心一意操持着家，每天精打细算，一边想办法如何平衡那么多人，一边还得想着尽量让大家过得更好。她知道，只有自己努力维持好这个家，才是对爷爷最好的支持。

爷爷在外面也时刻惦记着奶奶，新婚的妻子独自面对那么一大家子有多不易，爷爷也能料到，奈何自己在外帮不上她，只有勤写书信表达自己的心意。

爷爷骨子里是个浪漫的人，常常会给奶奶买些小礼物，后来奶奶不准他再乱花钱，家里那么多人，要花钱的地方实在太多了。

于是爷爷很久没再给奶奶送礼物，直到新年，爷爷特地托人给奶奶带回了一瓶香水。在那个年代，连肥皂都是奢侈品，香水更是个稀罕物，是只有名媛明星、千金大小姐才有的东西，很多人连见都没有见过，奶奶也不例外。

该怎么处理这瓶“圣水”可难坏了奶奶。奶奶仔细想了想，对那个小瓶子研究了又研究，终于想到了一个方法。

奶奶将全家十几口人都叫了过来，大家围坐在一起，好奇地看着这一小瓶“圣水”，谁也不知道这是什么，更不知道奶奶要干啥。

奶奶郑重其事地向大家宣布，这是爷爷从外地带回来的洋玩意儿，据说叫作香水，虽然少了点儿，但是给全家都尝尝鲜吧。奶奶无比神圣地打开香水瓶，将香水全部倒出来，用一壶开水泡了，又拿出十来个小杯子，像泡茶一样，平均地分给了每个人，就这样，全家十几口人都尝到了香水泡水的味道。

奶奶自己也尝了，喝完之后全家人一致认为，没觉得这洋玩意儿的味道有多特别呀！洋人真奇怪！

后来奶奶托人给爷爷回信，信上说：你带回的那瓶洋香水我已经分给大家喝了，在家的每个人都尝到了，你放心。不过，虽然说是个好东西，但是味道实在太一般了，可比不得家里的藿香茶。而且分量太少，只能尝尝，不管饱。

不知道当时爷爷收到这封信是什么反应，大概想把这封信吃了吧！

很多年之后爷爷回来，奶奶和全家才知道这瓶香水的真正用途。后来大家开玩笑，说这瓶香水大概是世界上最物尽其用的一瓶香水了！

我第一次听到爸爸讲述这个故事时，先是哈哈大笑，笑完之后，心里特别温暖。在那个动荡而又贫困的年代里，一个在外打工的普通男人，会省吃俭用买一瓶香水送给自己心爱的妻子，这是一件多么浪漫的事！而在丈夫出远门后独自扛起照顾全家人重担的妻子，没有将丈夫赠送的礼物独享，却将这件象征爱情的信物分给了丈夫的亲人们。

这是一瓶被喝掉的香水，是比任何誓言都美好的爱的表达。

也许正是这样的深爱，让爷爷奶奶大半辈子过去了，还在用彼此才懂的方式去感知对方，因为他们都知道，无论如何，永远不分开才是给彼此最好的礼物。

评论：想起了我的外公外婆。外婆年轻时从乡下来城里做工，那时候制度不规范，登记身份证都是自己报年龄。登记的阿姨让她把年龄说小一点儿，怕年纪大了工厂不要她，外婆就把自己的年龄改小了十岁！很多年之后外公才知道，跟自己过了大半辈子的老婆竟然比自己大！六十多岁的老人闹着要离婚。当然被子女劝住了，外公外婆打打闹闹过了一辈子。有意思的是我们市七十岁以上的老人都有一张可以免费乘车的老年卡，外婆特别羡慕外公有，但是谁让她的身份证上年纪小呢。外公每次坐公交车，打卡器上都会报一句“请关心老人”，外公就特别骄傲地回头对外婆说：“哼，自作孽不可活！”

外婆硬是等到八十岁才拿到这张老年卡。只是，当她终于也可以显摆那一声“请关心老人”的时候，外公已经去世了。

匿名

卖花大娘的情人节

城市：南京

讲故事的人：晚风

去年七夕我一个人过，我一直都觉得七夕不是个重要的节日，不过是商家为了挣钱而吆喝起来的噱头，真正的老夫老妻，又有几个会去过这个节日的呢？反正对于我来说，那是很普通的一天。

下班的路上我照旧提前一站下车，因为那一站有个夜市，每天下午四点以后会有很多小贩出来摆摊，到晚上十一点左右，又全体收摊。

我记得有个大娘一直在那儿卖花，基本每天都在，偶尔我会去买一束百合。其实她的花并不是很好，品种也不是很多，但胜在便宜，顾客可以随便挑。

但那天我去的时候她却一改往常的热情，很着急的样子，一边帮另一个客人包装，一边头也不抬地问我：“丫头你要什么？快点儿挑，我要收摊了。”

这才不到六点钟啊，以前我七点多路过这里时她还在的。

我不解地问：“你今天怎么这么早收摊啊？今天是七夕，买花的人肯定多，等到六七点都会有很多人来买呢！”

大娘送走前一位客人，一边麻利地帮我挑花，一边咧着嘴笑，扯着嗓子跟我喊：“今天不卖啦，我老公要来接我，一会儿我们回家吃饭，他买了奶油蛋糕，我好久没吃蛋糕了，你知道的，那些东西太贵，平时没事谁舍得买啊，也不知道他今天中了什么邪，非买不可，说是过节！”

原来是这样！

我忍不住笑，说：“你老公真浪漫呢！”心里暗暗想，这么大年纪的老夫妻，竟然还这般有情调，真让人羡慕啊！于是我加快速度挑完花付了钱，好让大娘快点儿回去过情人节。

大娘帮我把花包得严严实实，又给我找钱，刚把钱递到我手里，突然笑着小声说：“哎哟，刚刚好，我老公来了。”

她说着就开始收拾东西，动作麻利地把几个水桶一提，把里面剩下的花挤一挤，就腾出一个空桶，看来今天生意不错。

我回头朝她望过去的方向看，一个跟大娘年纪差不多的男人从一辆残摩上走下来——你一定见过那种残摩，就是在火车站、汽车站拉客，有个很小的车厢可以坐人的那种三轮残疾车。

他下了车走过来的时候我才发现，他有一条裤腿竟然是空的！肥大的短裤随着身体的摆动空空荡荡，但是他拄着拐杖动作麻利，力气也大，三下五除二将大娘的两只桶提上了车，让卖花大娘坐了上去。车子的空间很小，大娘挤在一堆花里，肥胖的身子倒被那些花挡住了，只露出一张幸福的笑脸，很美好。

她朝我挥挥手说："再见，丫头，节日快乐。"

我也朝她挥手，说："节日快乐。"但不知道为什么，心里好像吃了沙子一样，梗着堵在心口，很难过。

谁会注意他们呢？谁会在意一个残疾大叔和卖花大娘的爱情呢？谁会想知道他们这一生有没有向对方说过我爱你呢？但这就是普通人的爱情，普通人的七夕，普通人的情人节，无论有多少玫瑰，多少烛光晚餐，多少酒店包房，多少别墅钥匙也抵不上的相濡以沫的爱情。

评论：七夕节，看似跟老一辈人没有关系，但是有谁知道他们其实也在用一种平凡得不能再平凡、普通得不能再普通的方式庆祝着，很喜欢也很向往这种不离不弃、天长地久的爱情，愿他们继续幸福快乐地生活。

匿名

不浪漫的事

城市：南京

讲故事的人：安安

十年前，突然有一天觉得自己年纪到了，该找个人结婚成家了，于是，开始疯狂参加各种社交活动。朋友聚餐、户外野营、混圈子、KTV包场……总之，只要是能认识新人的活动，我都一马当先，踊跃参加。

原因是，据各种观察、了解、分析以及八卦，从身边已有的资源发展一个已经不可能了，太熟了不好下手，这事儿还是得找外援。

当时我的圈子里才开始流行杀人游戏，天黑请闭眼、杀手出来杀人什么的。于是我的业余时间就耗在这件事上了，不是杀你就是杀他，跟各种朋友的朋友乱杀一通，因此还真的认识了不少人，多了一些朋友。

胖子就是其中一个。

我们相识于某场杀人游戏，我对他起初的印象还挺好，一米八的身高，九十公斤，白胖白胖的，看着就挺喜庆，而且感觉脾气很好的样子。所以，我心里默默锁定目标：这个不错。

事情就是这么巧，在我还没有开始行动的时候，他竟然先开始有所表示了。一个周五的下午，他突然约我晚上一起吃饭。那时候他在六合，我在市区，从六合开车过来，万一小堵个车，一两个小时也就过去了。他就为了吃顿饭特地跑过来，我的第一反应是：这人的生活也太无聊了吧！

巧的是，那天天公也不作美，快下班的时候下起了倾盆大雨。周末、下班高峰、漫长的长江大桥、下大雨……这几个元素加在一起不是什么好事，只能用两个字来点评，那就是“堵死”！

我满以为他会取消这次见面，毕竟只是吃顿饭而已，哪天不能吃啊？但是，他竟然风雨无阻地从六合赶了过来，当他出现在我面前的时候，我心想：这人果然是太无聊了！

后来跟朋友说起这事儿，她们都批评我：你有神经病吧，一个平时能不出门坚决不会迈出大门一步的超级宅男，风雨无阻来陪你吃顿饭，你的第一反应不是感动吗？

可是，我真实的感受，真的不是感动，反而因为这件事，对他的印象没有之前那么好了，后来想想也只有一个“贱”字可以解释所有的心理活动——有些人啊，习惯了疏离，别人对自己好点儿，反而不知道该怎么回应了，比如我。

不过那顿饭之后的我们，确实成了朋友，我发现无聊也有无聊的好处。这是个很安静的胖子，不爱出门，勤劳、爱干净，喜欢收拾屋子做家务，没什么大阵仗的爱好，最喜欢的事大概就是打网络游戏和看书。你出去玩，把他丢在家里十来天，他会提前把冰箱塞满，然后就宅在家里不用出门了。

有一次他对我说，曾经整整宅了一个假期，再上班的时候，发现开口跟同事说话好困难啊，当时以为自己会变成哑巴，好紧张！

真是个可爱而又孤单的胖子啊，我突然觉得，如果两个孤单的人在一起，是不是就会温暖一些，两个人的家，就算不出门，一起宅，会不会就是幸福？

只是在闪念间，便敲定了我的终身大事。

这么一个温婉的胖子，仿佛是一件期待已久的礼物，突然有一天，有人把他放在你面前，对你说，喂，他归你啦！

没有浪漫的桥段也没有激情燃烧的岁月，就这么愉快地决定了！

我们飞快地确定了关系，飞快地开始了室友生涯，然后，我飞快地怀孕了。

这一段流程很快，总共不到一年的时间，我发现自己有了之后，给我妈妈打电话，通知她：妈，我怀孕了，马上会结婚。

因为，在此之前，我跟胖子都没有见过彼此的家长，双方家长根本不知道我们俩的事。

我的父母都是南京人，当年支边留在了新疆，从小跟父亲性格不合的我养成了非常独立的个性，也造成了我们关系的不亲密。他们从不回南京，我们之间，连通电话都是奢侈。从小到大，我一个人生活，大事小事一个人决定，从不与他们商量，我的地盘我做主，包括结婚。

现在有了孩子，我跟胖子又迅速开始为将来打算。结婚要孩子首先得买房，要不然孩子生下来住哪儿，户口、上学都是问题。我跟胖子说，我们家肯定出不了钱，我也没什么积蓄，你们家应该也没钱，所以买房这事儿，我们得自己想办法哦！

胖子点头同意。

宅男有宅男的好处，不出门也不花钱，所以他工作的这几年还真的攒了一些积蓄。加上十多年前，房价还没有像现在这样一路狂涨，主城区的房子才四千多一平，我们东拼西凑，付了个首付，买了一套房子。

接着，领证。没有求婚，没办婚礼，没有酒席，没有贵重的信物，什么都没有，我跟这个宅男胖子，欢天喜地成了一家人。

我们的儿子，今年已经十二岁了，上六年级。他的胖子爸爸仍然很宅，仍然那么温和，仍然白胖白胖的，看着就心情很好。

这个不爱出门的胖子老公，却给了在家一秒也待不住的我最大的空间。这么多年，我一直是一个背包客，一个人背包上路，去清迈潜水，去韩国爬汉拿山，徒步雨崩，穿越西藏……每个背包客心里都有一个环游世界的梦，虽然我家的胖子没有这样的梦想，但他从不因为自己不感兴趣而阻止我，不管我去哪里，他唯一会说的话就是，注意安全。

我们接下来的计划也已经写入日程。胖子对我说：想去环游世界就去吧，人生这么短暂，只要不祸害社会，想干啥就干啥，我在家赚钱，你就去环游世界好了。

所以，从明年开始，我就要一个人启程去环游世界了。但不管走多远，我都会回来的，因为家里还有一个胖子，等着我把外面的世界带回来给他看。因为，他懒得动。

评论：这哪是不浪漫的事，明明是最浪漫的事啊！买下这个故事就当许愿吧，希望自己也能遇到个柔软的胖子。

小×××暖

千山万水去爱你

城市：西安

讲故事的人：百合

子墨是我大学里最好的兄弟，属于吃喝拉撒睡都在一起，哭笑也不用回避的那种。毕业之后，我们各自回到了自己的城市。他的老家在西安，回去之后，他顺利进入当地的税务系统，日子原本就该这么稳稳当当地过下去，遇见一个差不多的姑娘，结婚，生孩子。

是的，不久之后，真的出现了一个姑娘。子墨兴奋地告诉我，在他们系统内的一次培训中，他认识了一个叫思思的女孩儿。我从他的声音里就能听出来，这个姑娘绝对不是那种相亲时介绍人口中各方面条件“差不多”“可以谈”的类型，而是能够触动他心里那根弦的人。

虽然属于同一个系统，但思思来自成都，培训结束就得回去了，子墨在西安，以后见一面都不容易。可爱情这东西就这么神奇，距离并没有阻挡爱人心里燃起的小火花，一段艰苦的异地恋就这么开始了。

每个周末，子墨就从西安坐火车去成都看思思。那是十几年前，没有动车，没有高铁，只有挤满了人像沙丁鱼罐头一样的绿皮火车，吱吱呀呀地晃上十几个小时。而且，蜀道难难于上青天，开往成都的火车，一路都在钻山洞，间歇非常短暂的明暗交错，让人视觉和感官极其不适应，有时眼前都是五颜六色的小球，有时昏睡得糊里糊涂搞不清黑夜白天。有时火车晚点，子墨就急得要哭，要知道，来回三十多个小时的路程，晚点的那些时间，消耗的都是他和思思来之不易的独处时光啊。

就是这样千山万水的约会，也没有磨掉子墨的爱情，他说即便那样的周末也不觉得辛苦，心里满满的都是甜蜜和期待。所有旅途的崩溃和疲乏，都会在出站口见到思思笑脸的那一瞬间，全部变成软软的棉花糖，甜糯泛滥。

子墨和思思艰苦的周末恋爱整整持续了三年，如果火车票也有积分，子墨肯定早就是终身VIP了。到后来，那段蜿蜒的路程，他熟悉得可以在任意时刻醒来，看一眼窗外就马上知道自己身在哪一站，那些原本令人厌恶的山洞，也成了他的小伙伴，成了他爱情的见证人。

但山洞再亲也不能说话，火车票再厚也不能为这段爱情护航，两家父母约好了似的，强烈反对他们的婚事。最主要的原因就是工作根本没法调动，两个人也都不可能去对方的城市，近千公里的距离横在中间，理想与现实，并不只有一步之遥，而是千里迢迢。

相恋三年的子墨和思思在各方面的压力下只好分手，后来思思在成都结了婚，生了儿子当了妈妈，而子墨一直单身。眼看着我们那拨同学一个个都为人父母，唯独子墨，一直单着。别人问他，他只是笑笑说不急，没遇到合适的。只有我知道，还没有人能够代替他心里深爱的那个姑娘。

时间过得飞快，一晃，整整十年，我不知道子墨每次听陈奕迅的《十年》时会不会有所感触，而我总是要想起他——始终一个人的子墨，到底要到什么时候，才可以拥有他内心想要的那份恬淡的幸福？

后来，突然有一天，我一个人正看着电影，子墨的电话打过来，声音就像个害羞的小孩子，用那种我们小时候从后面悄悄蒙上小伙伴眼睛的语气对我说：你知道我现在跟谁恋爱了吗？

我不知道，但心里是惊喜的，这个孤独的人，终于用十年时间想通了吗？这个打开他十年心门的人，到底是个什么样的姑娘呢？

答案令人惊讶更令人惊喜。

子墨说：是思思呀，她现在离婚了，带着十岁的儿子。我们决定重新开始，不过还得像当年一样，两个人，两座城，可就算这样，我还是想跟她结婚……

我一听，不假思索地回答：兄弟，我赞成你，结了吧，别想了！

他愣了一下：谢谢，你可是唯一一个支持我的人！

我实在想不出反对的理由，我们这一生有几个十年，眼看着小半辈子都过去了，还能有多少机会去遇见另一个能让你十年都念念不忘的人？

2014年5月1日，是我的兄弟子墨和他深爱的姑娘思思举办婚礼的日子。现场全是他们税务系统的同事，系统大领导在读证婚词的时候，下面的亲友全体欢呼，新郎和新娘抱在一起，哭成了泪人。

这是一场迟到了十年的婚礼，幸好，这次谁都没有错过。

他们俩婚后依然两个人，两座城，不同的是，现在有了高铁，交通比过去方便太多，对于他们来说，这已经是十年来最幸福的事了。

在我们的同学群里，大家偶尔会聊天，聊天时经常会问同学们的情况：××，你有孩子了吗，多大啦？

子墨每次被问到都会骄傲地说：有的，男孩儿，十岁啦！

他的语气，他说起儿子时的快乐和宠溺，真的是一个父亲才会有的发自内心的幸福。

原来，你生命中最重要的那个人，你离不开的那个人，兜兜转转之后，还是会穿越千山万水来跟你相遇的。

评论：有些人，可以一辈子都无法拥有，但就是不能被代替。

匿名

来自小混混的信

城市：长沙

讲故事的人：萧小晗

这个故事的主人公是我的高中同学。

女孩上高中的时候，谈了一场轰轰烈烈的恋爱。为什么说轰轰烈烈呢？因为女孩是个富家女，家庭条件非常好，长得漂亮，用现在的话来说，她是个标准的白富美。而男孩却是个小混混，以打架、收保护费、抢地盘为生，就像香港电影里面的古惑仔。

没人知道这两个人是怎么认识的，反正我们知道的时候，他们已经在一起了，并且很恩爱，每天如胶似漆。终于有一天，这段恋情被女孩的爸爸知道了，爸爸当然是强烈反对，给女孩讲各种大道理，请来各路说客，结果通通无功而返。爱女心切的爸爸只得拉下老脸，去找小混混谈判，苦苦哀求他不要耽误自己的宝贝女儿。

“她可以有更好的未来啊！你能给她什么呢？”爸爸这样说。

出乎意料的是，小混混竟然答应了女孩的爸爸，因为他是真的爱女孩。他也觉得，女孩有那么优越的条件，不该跟着自己这么过，她应该受到更好的教育，嫁一个门当户对的老公，一辈子过着无忧无虑的生活，于是，他选择了离开女孩。

女孩的爸爸为了让女孩跟小混混断绝往来，想送她去读寄宿学校，女孩不肯，爸爸又找小混混，让他去劝女孩。女孩果然听了劝，乖乖地去了寄宿学校，但是有个条件，她要小混混每周给她写一封信，小混混答应了。

从那之后，小混混便真的每周都给她写信。但是对于小混混来说，写信这件事真是太难了，比拿刀砍人还要难！一是因为他真的不知道要写什么，他不是能够写出肉麻情诗的文艺青年，他所知道的爱一个人的方式，仅仅是对她好而已；二是因为，他确实没有读过什么书，很多字都不会写，有些词在脑子里，也不知道对不对，要写成一封完整的信，真是能要了他的命。

但为了完成他的承诺，他可真是煞费苦心，每次写信的时候都很用心地去查字典，写完之后还要一遍一遍地检查，然后再工工整整地誊写在干净的信纸上。

如果你看到一个平时凶巴巴拿着西瓜刀收保护费的小混混捧着一本硕大的字典专心致志地写信，你会想笑吗？我听到这里的时候，却想哭。

女孩每周都会收到小混混的信，她把它们一封一封全部收集起来，越来越厚。那些信陪伴她度过了高考前的时光，是那段青春与爱情的见证。

后来，女孩考上了大学，小混混因为犯了事，进了监狱。每周写信的人就变成了女孩，也不知道写了多少封，也不知道他看了多少，总之，她要对他说的话，全部写在了信里，信是他们交流的唯一方式。

女孩大学毕业后，在家人的安排下，嫁给了一个香港人，跟着丈夫去了香港。

小混混从监狱里出来之后，又混了几年，最后在老家开了个小吃店。

现在女孩每次从香港回来，都会去他的小吃店看一眼，用她的话说，是去看看他死了没。

她一直很担心，怕他真的像电影里面演的那样，被人砍死在街头，说没就没了，所以，只要看到他还活着，她就安心了。

有时候爱情就是如此吧，两个人不一定要在一起，甚至不需要任何联系和回报，你若安好，在谁身边都不重要。

评论：相爱不一定要在一起，知道他过得好，就足够了。我曾经喜欢的那个男孩如今也已经为人夫、为人父，上学的时候他写给我的信都还躺在老家的抽屉里，以后等我老了，翻出来一封一封地读，不知道是会感动呢，还是会觉得矫情，更多的应该是感叹吧。

匿名

总有一个人，舍不得辜负

城市：杭州

讲故事的人：小茜

2012年5月，为了走出一段苦心经营了四年却以惨败告终的感情，重新找回那个好久不见的自己，我独自一人背包去了拉萨。踏上那片梦想中的土地的时候，我下定决心要告别过去，不再做那个整日哭哭啼啼的怨妇了，我的人生，应该彻底挥别渣男，好好生活下去。

所以，我遇到了小东，就好像是上天派来的一样。

小东是我在酒店无聊时通过微信“附近的人”加上的，可能因为都是从杭州来拉萨的缘故，感觉很亲近，我们很自然地聊开了。他叫小东，而我的名字是小茜，我们开玩笑说合起来就是“小东西”呀。那时候我们都不知道，大概，这就是缘分。

那是小东第一次搭车徒步走滇藏线，本来是去尼泊尔，因为签证问题滞留了两天，如果不是这样，我们可能这辈子也不会有任何交集呢。

作为一名资深老驴，小东跟我讲了他多年的经验和见闻，对于爱旅行的我来说，无疑具有巨大的吸引力。我很庆幸自己能够认识他，虽然在拉萨我们没有机会见面，但那种熟悉的感觉，在我们之间不断地滋生蔓延。

后来我结束了西藏之旅回到杭州，小东则按计划去了尼泊尔。小东在途中遭遇塌方，还上了新闻，虽然只是一个未曾谋面的陌生人，但看到报道时我还是莫名地有些担心。当时我刚好在外地出差，因为没有开通国际长途，给小东打电话也没打出去，却意外接到了他打来的电话，他怕我担心，半夜跑出去找了一个小店，给我打过来报平安。

那一瞬间，来自陌生人的相互挂念，温暖弥漫。

我跟小东，从此成了素未谋面却无话不谈的好朋友。

不久之后，小东从尼泊尔回到了杭州，我们约在川味观吃饭。那是我跟小东第一次见面，他除了看起来比照片上年纪小一些之外，其他都跟我心里的感觉是一样的，我觉得我们之间熟悉得就好像认识多年的老友一样。

后来的我们，经常一起行动，一起找好吃的，一起去钱塘江观潮，一起去湘湖散步，一起聊天……我知道我们对彼此都有感觉，但始终没有再进一步。几个月之后，我和一个朋友约好一起去旅行。出发的前一天，我问小东去不去，他说有事去不了，我便跟朋友一起出发了。

但是，当我从青海湖回到青旅时，看到小东熟悉的身影出现在我面前，我顿时惊讶得不知所措。他微笑着朝我走过来，那一瞬间，我的整颗心，都被他温柔的眼神融化了。

那次的旅途，算是有了一个浪漫的开始，但后来的几天却没有想象中的圆满。我很贪恋小东带来的温暖，自私地不想失去他，又不自觉地躲着他，因为，我知道自己不能跟他谈及爱情。

人生中最遥远的距离，有时候是这样，有一个人，千山万水来赶赴你的约会，可你，却无法给予他内心想要的回应。

至于原因，第一是因为我还没有准备好接受一段新感情；第二，他比我还小三岁，上一段姐弟恋给我带来的阴影还未完全烟消云散，再接受他，心里不挣扎是不可能的；还有，也是最重要的一点，那就是，我是一个未婚的单亲妈妈，有一个三岁的儿子。

这一点，我一直没有跟小东说，一开始是觉得不熟没必要，慢慢地，事情发展到了这一步，再想开口，却发现已经怎么都开不了口了。

但小东对我的好已经成为一种诱惑，一步一步带我走进温柔的深渊。我最终还是控制不了自己，我想跟他在一起，每天都想见到他，哪怕只是说说话，什么都不做，也觉得是安静的幸福。

那段日子里，我快把自己折磨疯了。我觉得自己应该算是一个坏女人吧，一边装作若无其事地跟小东约会，一边隐瞒着自己是个未婚妈妈带着孩子的秘密。我根本没有他想象的那么完美，我甚至怀疑自己根本不配得到他的爱。

我因此整天患得患失，害怕小东哪天知道了真相，一定会觉得我是个骗子，果断地离开我。所以，我隔三岔五就因为忍受不了内心的折磨，要跟他闹一闹分手，他让我说出原因，我却说不出来，始终无法向他坦白。

时间过得很快，年关将至，我又开始面临新的问题，父母一直希望我能为了孩子着想，跟前男友复合，然后，结婚。我跟前男友在一起四年，曾天真地以为，就算全世界都背叛我，他也不会。他比我小，我怀孕的时候，他还没有到法定年纪，我的身体也不是很好，不适合人工流产，而且，我们都非常想要这个孩子，所以，我生下了他，当然顺理成章地觉得我们结婚是毫无意外的事。

可谁都不知道未来会是怎样的。还没有等到我们结婚的那一天，他便有了别人。虽然双方家长为了孩子都想让我们继续在一起，可他一直都跟那个女孩儿来往密切，我不想有一个心里住着别人的老公，也不能让孩子有一个这样的家庭。

也许是他年纪还小吧，儿子长到三岁，这个爸爸从未照顾过他一天，从未给他买过一件东西，从未陪他玩耍过，从未在他需要的时候在他身边，从未让他知道什么是真正的父爱……但我始终欠儿子一个家，这是我做梦都想给他的。

所以，年关的时候，我们两家谈了很久，他的态度有所缓和，我的父母也一直跟我说，有了孩子，就得一切从孩子出发，只有自己的亲爹才会对孩子好。

我最终妥协了，答应他们年底结婚。

于是我跟小东说，我们分手吧，我要结婚了。

我曾经拿这样的话试探过他很多次，每次他都会不屑地开玩笑说，除了我，谁还会要你呀！所以这一次，他依然没有在意，并且欢天喜地地约我一起去丽江过年。他说他先去大理，然后在丽江等我，我看着他满脸的期待和欢喜，心如刀割。

如果从此失去他，我的人生，又会怎样呢?

我最终还是选择了叛变，我逃婚了。我跟爸妈说，如果跟那个人结婚，我一定不会幸福的，这一次我想豁出去，不管结局如何，总归是努力过了。

爸妈最后还是同意了，我想，他们应该比我自己更希望我可以遇见幸福吧。

我第二天就订了机票飞去昆明找小东，给了他一个大大的惊喜。之后，我们一起去大理骑行洱海，一起在丽江过春节，一起在角落晒太阳，一起去雨崩徒步，一起在飞来寺看日照金山，一起徒步搭车回到拉萨，回到那个让我们有缘相识的圣地……

跟小东在一起点点滴滴的快乐都让我暂时忘记了自己是个未婚妈妈，安心享受着他带给我的种种幸福！

但问题总是要解决的，结束了我们的旅程，回到杭州，我下定决心跟小东摊牌，我不能再瞒着他了，就算他因此离我而去，我也不忍再骗他。

我终于鼓起勇气告诉了他真相，我有一个儿子，过完年已经四岁了，我是个未婚妈妈。

小东听了我的坦白，竟出乎意料地平静。他说，我一直觉得你心里有事，原来是这样，我终于知道你为什么动不动就要跟我分手了。

我问他，我骗了你，你不怪我吗？

他说，我心疼你。

只是这四个字，就让我泣不成声。我在心里想象过千万次把真相告诉小东时他暴跳如雷要跟我决裂的场景，却从未想过，他会用这样的胸怀来原谅我，包容我。

我在心里默默地想，这样一个男孩儿，我跟他在一起，就算只有一天，他若不离，我便不弃。

我想，可能再也没有人，会给我这样的一句话了吧。

现在，我跟小东在一起已经快两年了。中间相识一周年纪念日的时候，他一夜没睡，排了一本相册送给我，里面有我们一年来相处的点点滴滴，还有他想对我说的每句话。我看着这一年时光从眼前一页一页翻过去，回忆在脑海里汹涌澎湃，这一年，也许会成为我生命中最重要的篇章吧。

有小东的生活，一切都是那么平静，那么幸福。他不仅对我好，对儿子更好。他常常对我说，以后我们再生一个女儿，凑成一个“好”字，咱儿子不是叫“棒棒”吗，那女儿就叫“糖糖”，一家人永远幸福甜蜜！

我从心底里感激小东，他不仅用行动在温暖我，也让我从他身上学会了如何去爱。以前的我，从小到大被宠爱着，任性倔强，而现在的我，已经慢慢学会怎样去爱别人。

我为小东过的第一个生日，也是我这辈子第一次主动为别人的快乐去做一件曾经觉得很不屑的事。那天我特地订了蛋糕放在他住的酒店总台，让服务员十二点的时候准时送上来，又跑出去买红酒，买完酒回来发现没有酒杯，附近没有超市，我不愿用一次性杯子将就，跑到旁边的歌厅，求服务生卖给我两个红酒杯。服务生被我求得没办法，送了我两个，对我说回头跟主管讲是打掉的，因为，从没有人到歌厅买杯子。

那天夜里十二点钟服务员推着蛋糕进来的时候，小东感动得说不出话来。他说从来没有过过这样的生日，往年的他，几乎是不过生日的，这是第一次这么意外。但我想，只要我们在一起，这一定不会是最后一次。

还有我们在一起过的第一个七夕节，我特地订了一盒刻了字的手工巧克力。因为怕快递来不及，我来回开了四个小时的车，跑到人家的工厂去把巧克力拿了回来，只是为了晚上可以送给他一份特别的节日礼物。

这些事，说起来也许很普通吧，但在我二十多年的人生历程中，都是第一次。一直以来，都是别人为了取悦我精心设置这样或那样的浪漫，我只要坐着等待或挑剔就行了，而现在我才知道，原来为别人付出，也可以是一件很美好、很幸福的事。

因为，当你愿意为一个人做这些事情的时候，心里铺天盖地的都是爱。

尽管现在的我和小东，要面对的还有很多，家人、朋友、舆论……我也不知道，我们能在一起多久，能不能顶住所有的困难一路走下去，但我知道的是，只要我们在一起，哪怕只有一天，我都会好好珍惜。我愿意珍惜我们共同经历的所有苦乐年华，愿意为我们和我们的“好”字去努力争取，因为再也没有一个你，能够让我舍不得去辜负了。

评论：每个人都会有一个舍不得辜负的人吧，没有遇见，也不知道会不会遇见，但是，要相信总有人能遇见。

初××（匿名）

第 2 章

至　亲

那些至亲的人

有人最最感激

有人最最想脱离

无论你多么想留住

总有一天要道别

无论你多么想摆脱

也挣不脱命运赐予的烙印

有些人你永远不必恨

城市：昆明

讲故事的人：榴莲

七岁那年，我的父母离婚了，我跟了妈妈。单亲家庭的孩子小时候都有一门必修课——听父母说对方的坏话。我是听着爸爸的坏话长大的。离婚之后妈妈、外公、外婆每天轮番上阵，在我耳边念叨一件事——你爸是个人渣。

其实他们一点儿都没冤枉我爸，他是个瘾君子，败光了家里所有的钱。我和妈妈最后是被他逼走的，因为他卖了房子，我们连住的地方都没有了。很多年之后我都清楚地记得当年爸爸吸毒的画面，大概是我四五岁的时候吧，他跟一群人在家里吸毒，我坐在旁边做作业。其中一个人拿着粉，正准备点，突然看到我，有点儿不好意思地对我爸说："家里有小孩呢！"

我爸头也不抬地说："没关系，她已经习惯了！"

这么多年过去了，这个画面一直深深地印在我的脑海里，我至今仍然清晰地记得他当年无耻的表情，我想那时的他一定忘记了自己是一个孩子的父亲。

爸爸卖了房子之后，准备去海南做生意翻身，结果赔得血本无归。爸爸在海南待了五年，回来的时候落魄至极，整个人都变了。在他吸毒之前，我们家很有钱。他过惯了养尊处优的生活，衣服不穿真丝的身上都会起疹子，跟豌豆公主一样，而那次从海南回来，他彻底从阔老板变成了农民工。事实上，爸爸在海南确实当过民工，去工地帮人家背沙子，一天二十五块钱。听说这些事情的时候，我特别特别心酸，虽然妈妈已经跟他离婚了，一个人带着我，吃了上顿没下顿，过得很不容易，爸爸也从来都没有管过我们，但是当我知道他过得不好的时候，我的心里还是忍不住难受。

当现世报这种事降临在自己亲生父亲身上时，孩子不见得会开心，虽然他确实伤害过我们。

这种纠结的感情没多少人能理解，至少我妈不会，提起我爸，她永远咬牙切齿，恨不得生啖其肉。那时妈妈常逼我去找爸爸要生活费。我知道他没钱，不忍心去要，但其他都可以省，学费却必须交。所以每个学期开学前我都有一场恶战——拿着缴费通知去找爸爸，没要到钱，回家被妈妈一顿臭骂；要到了钱，心里的酸楚比被骂还难受。

所以在我的学生时代，我不怕考试，也不怕老师，只怕交学费。

爸爸从海南回到老家之后，租了间小店，靠帮人维修冰箱、空调之类的电器为生。但是慢慢地，电器开始走品牌路线，都有专门的售后服务，爸爸的生意越来越难做了。我记得有一年过年，我去看他，我们父女一年几乎只见一两次面。那天我临走的时候，他突然特别不好意思地问我，能不能借给他二十块钱。一问才知道，他三天没吃饭了，也不敢去亲戚朋友家蹭饭，因为照我们这里的习俗，过年去亲戚家有晚辈是要给压岁钱的，他身上一分钱也没有。

那天我都不记得自己是怎么回家的，心里翻江倒海。满大街都在张灯结彩，满大街的人都在笑，笑着的小孩子，笑着的情侣，笑着的一家三口，似乎所有的人都很幸福，唯独我的爸爸，一个人窝在那个小店里，连口饱饭都吃不上。

我是真的很恨他，在这样的日子里，他给我的不是一家人围在一起吃的团圆饭，而是哭也哭不出来，闷在心里久久不能散去的心疼和心酸。

爸爸一直就这么穷困潦倒地混着，到后来，我跟他一年都难得见一次面。我在外地读大学，独自提着箱子去异乡，没有人接送，所有事情都是自己搞定。其实这些我都能忍受，唯一不能忍受的是，每当别人问起我的爸爸时，我永远窘迫得不知道该如何回答。

大二那年，我的钱包被偷，身份证、银行卡、现金全在钱包里，一起全没了。那时候妈妈在国外，我没办法，只能打电话给爸爸，问他能不能给我打五百块钱救急。他在电话里面犹豫了一下，对我说："只有两百行不行？"我跟他说好，挂了电话，也没有多想。

那天夜里，凌晨两点钟，我突然收到爸爸的短信，只有短短几个字：

"女儿，对不起，是爸爸无能。"

我这才反应过来，五百块对于他来说，是笔大数目，他大概是把身上仅有的两百块全都给了我。那天我躺在宿舍的床上，咬着被子哭到天亮，因为怕惊动舍友，不敢哭出声音，到最后哭得干呕，我长这么大第一次哭成那样。我告诉自己，以后在外面不管遇到什么，都不要再告诉爸爸了，他帮不了我，我跟他说，只会让他觉得愧疚。

这些年他都在赎罪，用自己悲惨的人生来赎罪。

他没有养育过我，没有给过我一个完整的、正常的家庭，没有让我体会过什么叫父爱。他毁了我的童年，直到现在我回忆起小时候都只有眼泪。我有那么多恨他的理由，可是在那一刻，我决定原谅他了，因为我终于知道，在他的内心，他是爱我的，他只是没有能力给予我任何东西。

如果他有，他一定会是这个世界上最好的爸爸。

我想起我很小的时候，那时我家还没散。每个周五，爸爸都会推着自行车去幼儿园接我，他用红绸子在后座绑了一把小藤椅，那是我的VIP专座。在小伙伴们羡慕的目光中，他把我抱上车，然后我们一起回家。

那是我童年最美好的记忆。

我这辈子最大的心愿，与他有关。我希望有一天我交了男朋友，可以带回家和父母一起吃顿饭，饭桌上都是妈妈做的家常菜，饭后我跟妈妈在厨房洗碗，爸爸跟男朋友在沙发上看电视、聊天……

这个画面对于很多人来说也许太平常不过了，但我知道，我这辈子都不可能拥有。但我还是选择原谅，因为未来的路很长，我得有自己的生活。

评论：挺感动的，我爸爸对我们很不好，去年他和我妈妈离婚了。看了这篇文章我决定原谅他，所以刚刚给他打了个电话，决定不恨了。

匿名

一个人小姐

城市：深圳

讲故事的人：可儿

如果不是偶然读到《有些人你永远不必恨》，也许我根本不会想到来讲这个故事。看完之后一个人哭了很久，所谓感同身受大概就是这样吧，因为我们的经历有太多相似之处。

我小时候身体不好，三天两头发烧生病，爸爸背着我半夜往诊所跑，而妈妈总是不耐烦。那时小小的我总觉得妈妈不爱我，要不然怎么会孩子病了也不紧张呢！

从我有记忆开始，爸爸妈妈就爱赌钱，虽然赌得不大，但输了钱回来就会吵闹，相互埋怨，吵完架两个人几乎都不说话，常常是整整一个月的冷战。面对氛围诡异的无声世界，刚刚懂事的我，常常感觉很可怕。

那时家里条件也不好，从幼儿园开始，拖欠学费这件事就跟随着我，催学费名单上总也少不了我的名字。还好我太小又天真，还不懂什么叫丢脸，每次老师催的时候我总是有借口：妈妈说放假就交……就这样，一年一年拖过来。

我八岁那年，妈妈出去打工，近乎于离家出走，没有人知道她去了哪里。刚开始一个月回来一次，慢慢变成半年，一年，两年，五年……起初会隔三岔五给我打电话，那时没有手机，电话也不普及，要去学校附近的小卖部才能接听长途电话。每次听到有人叫我接电话我便欣喜无比，知道是妈妈，但结果一定是哭着回去上课的，因为她一次次告诉我要回来又一次次没有回来。

我就在“希望—失望—绝望”的过程中长大，慢慢接受最爱的妈妈一次次欺骗了我的事实。

之后的几年，妈妈一直没有回来，我和爸爸相依为命。现在想想，日子虽清贫，但还是很美好，因为那些年里，不管生活如何，爸爸对我的宠爱丝毫没有减少。我也渐渐懂事了，学会给爸爸洗衣、做饭、收拾家务。农村的灶台很高，我便踩上一个凳子做饭；爸爸教我切细细的土豆丝，教我叠难叠的被子；我从小到大，爸爸都有个习惯直至今日也没有改变——别人给他的哪怕是一颗糖、一颗花生他都会带回家给我吃，看着我欣喜无比，他的眼睛里满满都是爱；我从小不吃肥肉，他总把肥的那截咬掉然后把瘦肉夹到我碗里……

我一直以为妈妈死了，或者被卖了，想了千万种可能也没有想过她是不要我了，直到我中考那年。

她不在的日子里，我学习特别努力，临近中考更是努力地冲刺，就想考上重点高中，不为别人，就为我的爸爸，因为我就是他的希望。

也就是那一年，有一天下课，同学跑过来告诉我，你妈妈来了！

“瞎说，我妈妈怎么会来？”“妈妈”这两个字，距离我已经太遥远了，直到她叫我的名字，我才意识到这是真的。面前这个女人，就是我夜夜梦里哭喊的人，可是当她真的站在我眼前时，我却怎么也叫不出“妈妈”两个字，喉咙像针刺一般！

是的，她消失了这么多年，一朝回来，不为别的，是要和爸爸离婚，然后跟一个小她十岁的男人结婚。她从来没想过，她的女儿正在准备中考，别人家父母恨不得把孩子与世隔绝生怕被影响，而我的妈妈，生生地在我的心上捅了个窟窿。

那段日子过得很痛苦，家里所有的舅舅姨妈都来求我妈妈留下来，跟我爸爸好好过，可她不听。舅舅跪在她面前，指着我对她说：“你都不知道这孩子有多努力，他们父女俩太不容易了！”

当时也不知道爸爸的为人是有多好，让舅舅和妈妈这边的其他亲人也如此为他挽留妈妈。

我一边准备考试一边半夜醒来一个人哭。有一天爸爸终于忍不住了，将一屋子碗盆全部摔烂，说今天非得弄死她。

我死死护着妈妈，平生第一次见爸爸发这么大火，他真的拿了一把刀，我想也没想夺过来对着自己。我对爸爸说："如果你要杀她就先杀了我吧！"

爸爸哭了，哭得很伤心，我知道，那一次我伤透了他的心。辛辛苦苦养大的女儿竟然在他面前为了那个丢下我们的人以死威胁，他独自哺育的功劳，似乎都消失不见了。可是，我又怎么能让他真的杀掉妈妈呢？

爸爸慢慢走出房门，黑暗中，他的背影显得那么孱弱，仿佛风吹一下都会倒。他那天刚下班回来，还没来得及换鞋，穿着一双棉布纳底的布鞋，摇摇晃晃地消失在夜里。我至今想起那一幕，那双鞋子都会无比清晰地浮现在眼前，成为爸爸心碎的印记。

后来他们终于离婚了，我提议的。我跟爸爸！

也是那年，我考上了县重点高中！

一年以后，舅舅给爸爸介绍了一个对象，没错，介绍人是我亲舅舅。对方丧夫有一子，我鼓励爸爸去相亲，因为我知道子女大了总有一天会离开他，他需要一个伴儿。

相亲很顺利，他们在一起组建了家庭。第一次见面爸爸叫我喊她妈，我说喊不出来，但为了爸爸我还是喊了。

跟所有破碎家庭的小孩子一样，要钱也成为我人生中最可怕的一件事。之后的高中生涯，我不怕考试，不怕被骂，唯独怕开学的时候去问两边的爸妈要学费。每次开口和被拒绝或是对方的迟疑都会让我心如刀割，真切地觉得自己是个多余的人。如果没有我，他们是不是会更幸福？我的存在，对于他们，都是负担吧！

我也是从那个时候知道，要想花别人的钱，不管是要还是偷，根本没什么差别，那种被人审视的感觉，就好像自己是个贼。

转眼快高三冲刺考试，同学们都在努力做题复习备考，我却动摇了，不是怕考不上，而是怕考上了大学也没钱读书，再去要钱，那种滋味比不能上学更难受。

我做出了一个艰难的决定，背着老师和同学把书拿去卖了，痛哭一场，断了自己最后的念想！我告诉爸爸，我可能考不上，不想读了，我想去深圳。

就这样，在即将高考的最后几个月，我放弃了高考，只身来到深圳。心里的苦没有人知道，只有一个念想，我想独立，我想离开，让你们的生活变得平静。

2010年2月，十九岁的我，一个人来到深圳。和许多来深圳的青年一样，我想在这里生活下来。还算幸运，我在这边有个亲戚，是和爸爸结婚的阿姨的妹妹，我叫她小姨。

小姨人很好，待我如至亲，但我知道所有的一切还是只能靠自己，唯有努力，才能有一个真正属于自己的落脚地。

在深圳的日子不容易，前前后后我做过咖啡厅服务员、电话销售，到后来的珠宝销售，也有过没钱交房租的日子。到了过年特别不敢回家，深圳外地人多，一到过年几乎就是座空城，而我要跟这座空城做伴。那几天看到街上三三两两的行人就想哭，也不知道回家是什么感觉。

他们一家团聚的时候，会不会想起我呢？

苦日子总是可以熬过去的，后来我的工作渐渐有了起色，在珠宝店工作半年就当了店长，欣喜也珍惜。

来深圳的第三年，我的身体出了状况，腰痛，就是那种像来例假时的酸痛，不能久站也不能久坐。才二十一岁怎么会腰痛？我也不知道。

那段时间除了上班就是跑医院，做大大小小的检查，又检查不出毛病。医生怀疑是强直性脊柱炎，很可怕，可能会导致瘫痪。每次去医院拿检查单子的时候我的心都是悬在崖边，生怕一不小心就掉下去。我对自己说，我怎么能瘫痪，我一定不能瘫痪的，我只有一个人，连一个能够照顾我的人都没有呢！

都说病急乱投医，以前我不信，后来我信了，那时的自己隔三岔五去弘法寺祈愿，希望菩萨保佑，不让我失去自理的能力，我得自己照顾自己啊。

后来我又一个人去了广州、珠海检查，最终排除了强直性脊柱炎的可能，医生说是由于久站引起的骶髂骨关节炎，要多休息。有一段时间我真以为自己撑不下去了，最后还是坚定地走了下来，想想连后路都没有的自己，觉得根本就没有什么撑不下去的资格。

那次我破天荒请了一个星期假，本想好好休息休息，结果和闺蜜去了厦门，来了一场说走就走的旅行。很开心，两个女孩儿像脱缰的野马，陌生的城市和风景能够让人暂时忘记烦恼，也让人感知到更广的世界。你没理由倒下的，世界那么大，你都还没有看到呢！

经过一年的调养，中西药轮番上阵，去年开始腰已不痛了。从此，我更加爱惜身体，珍惜生命，因为生病时能陪伴我的只有自己没有别人。既然是“一个人小姐”，那就要习惯一个人的生活，要比别人更会照顾自己。

当然，这个道理也是通过很多教训才得到的。

那些一个人的生活常常遇到许多窘事，比如回家发现灯坏了，热水器坏了……刚开始我会找人修，慢慢地自己全部能够搞定，谁说一个女孩儿就不行呢？

记得有一次特别窘，下班回来急急忙忙冲进浴室，洗完澡发现锁坏了，浴室门打不开，狭小的空间里只有一个桶一条浴巾，怎么办？刚开始我冷静了五分钟，尝试了各种方法，翻墙拽门喊叫，无果告终。

整个人都崩溃了，惊吓和无助让我忍不住哭了起来，但哭完还是逼着自己冷静，想着我今天一定要出去，没人能帮你，你得自救。唯一的方法就是砸门，我用尽全身力气，砸开了浴室的门，手也伤得不轻。但从浴室出来“重见天日”的那一秒，我几乎感到劫后重生般的快乐。

经过那一次的教训，我学乖了，倒也没有什么一个人有多可怜多危险的负能量，只是学会了一个人的时候即使冲凉也要带手机，万一出了什么事可以求救。我想这就是所谓的安全感吧，如果一个人生活的现状暂时无法避免，那就多学一点儿一个人生活的方法。

我从未因生活如此艰难怨恨妈妈，更不怪爸爸，人生不就是这样，该你去经历的，责怪谁都没有用。

前几年春节时回了一趟四川老家，爸爸和阿姨过得挺好的，不赌不吵，和谐幸福，弟弟今年已经二十岁，基本不用他们操心，一家人平淡安稳。

我没有告诉他们生病那段日子的绝望和痛苦，只简短地提了一次，不想他们为我担心。

妈妈那边也结婚了，生了个妹妹，五岁了，我去看过她们一次。妹妹聪明可爱，别人的话都不听，只有我说的她会记在心里。她小小的内心也很矛盾，常常在别人面前说：我有个姐姐，姐姐会给我买溜冰鞋、自行车……但我去的时候她又不理我，害怕我抢她的妈妈！

她那么小我当然无法告诉她，我怎么会跟她抢妈妈呢，这么多年没有妈妈的痛没人比我更了解，怎么会让另一个小孩子变成当年的自己？

我在心里深深地祝福他们，这么多年所有人都叫我恨妈妈，但我做不到，母亲的恩，打一生下来就还不清了。而我，也不愿意满心的怨恨剥夺了属于自己的快乐和好好生活的动力。

一切就这样按部就班向前走，生活逐渐归于平静，我喜欢这种感觉，唯一的梦想是期待几年以后可以拥有一个美满的家庭，做一个贤惠的妻子、善良的妈妈！

我相信爱情，正如相信我自己一样，生活给了许多磨难，只为让我们变得与别人不一样，强大而美丽！现在的我在自考大专，努力学习很多知识，一个人反而喜欢看书，养成了这几年唯一不变的习惯。

我终于变成了自己喜欢的模样，坚强、隐忍、独立。我用工作攒下来的钱去了很多地方，留下美丽的照片，每每看着那一张张熟悉的笑脸，我都庆幸终于找回了自己。

那个爱笑、乐观、没有恨意的“一个人小姐”，再也没有什么可以击败现在的你了。

评论：我也是一个人小姐，那种身后空无一人的感觉，只有经历过的人才懂。

匿名

豌豆公主一夜长大

城市：上海

讲故事的人：逢

在我十来岁的时候，有那么几年特别讨厌过年，因为那时候每年的大年初二都要去外婆家过。我妈姐妹五六个，拖家带口的几十个人，鸡飞狗跳的。并不是我不喜欢热闹，而是那种氛围很不对劲儿。

我妈这个家族，最大的家长是大舅，据说他从小就聪明伶俐又能干。外公死得早，一帮孩子几乎都是他跟外婆拉扯大的，后来他又走上了仕途，越做越好，也越来越喜欢打官腔。我记得很小的时候跟大舅还比较亲密，后来也不知道是我变了还是他变了，反正我看到他就想逃走。

但我没法逃走，因为大年初二恰好是大舅的生日，这也是每年聚会的主要原因，所有人雷打不动都得在那天回去给他祝寿，除非你死了，那你可以不用来！我记得有一年大年初二我去参加同学聚会没去外婆家，结果第二天一大早还没睡醒就接到了大舅的电话，整整教育了我一个多小时，说我不尊重传统，年轻人不能数典忘祖！

这都什么跟什么嘛！

我讨厌大舅除了他封建大家长的架子之外，还有一个原因，就是我总觉得大舅对我家有一种深深的压迫感。也许是因为我爸是做生意的吧，当大官儿的大舅一向不赞成家里的人做生意，一是怕去找他帮忙，二是怕亏了找他借钱。

我之所以会感觉到大舅对我家的压迫感，并不是因为青春期的敏感——我那会儿其实是个太不敏感的小孩了——而是每次大舅妈见到我，比如我在吃巧克力，比如我买了一件新衣服，比如我穿着一双新鞋子，她就会用非常鄙视、非常冷嘲热讽的语气对我说："哎哟，你爸妈可真舍得给你花钱！"

老是这样我当然不高兴，我花的又不是她家的钱，用得着这么阴阳怪气的吗！

我跟爸妈说过这件事，他们都说我想得太多，说他们从小穷日子过惯了，看不惯而已。可是，现在时代不一样了呀，我家又不是那种揭不开锅的人家，我当然知道，老爸在外面做生意，一直做得不错，我从小也过着娇生惯养的日子，十几年来，要什么给什么，矫情得就跟豌豆公主一样。

说到这一点确实有点儿惭愧，十几岁的我，实在不怎么讨人喜欢。我记得一个还挺疼我的表姐曾经这么跟我说：“你小时候就跟电视里那些烦人的女二号一样，特别招人厌。衣服非牌子不穿，好好的冰激凌，别人家孩子都舍不得吃，你呢，不是喜欢的味道吃一口直接扔垃圾桶，我让你别浪费，你一脸欠揍地对我说，这有啥，爸爸给我钱，叫我不要苛待自己，随便花，没钱了就跟他讲！”

你看，这就是十几岁时候的我，是不是够讨厌的！

可能我从来就没有为钱发过愁，所以对钱也没有概念，不过后来我也能隐约感觉到，有几年爸妈为钱吵架的次数有些多了。我记得有一个年三十的晚上，春晚都快敲响零点钟声了，打电话给老爸，他还在那种私人运营的黑大巴车上，刚收账回来。但回来之后也没消停，他跟妈妈大吵一架，吵得又要跳楼又要离婚！

我打电话喊来小姨妈才好不容易把爸妈摁下来！我也不知道到底发生了什么事，到了过完年要开学，我想买台电脑。当时电脑还是个稀罕物，挺贵的。我早就跟妈说过这件事，她嘴上说好，却迟迟没有带我去买，一直到我去上学的前一天，都没见到电脑的影子。我气得跟她大吵一架，说她是守财奴，家里又不是缺那两个钱，买台电脑怎么了！

那几天我一点儿都不高兴，每天见到爸妈也懒得理，就这么过了大概一个月吧，有一天我放学回来，意外地发现书桌上多了台电脑。妈妈站在一边说，你小心点儿使，别弄坏了，这东西老贵的。

我兴奋得跟什么似的，好像周围的一切都变得可爱了，完全沉浸在有了电脑的激动中，根本没察觉到有什么不对劲儿。

直到又过了一年，又是一个大年初二，我们照例去外婆家吃饭。那顿饭吃得乱七八糟，老爸喝多了，连哭带叫的，我跟妈妈把他扛回家，我还从没见过老爸这样。

但也是老爸的这场买醉我才知道，原来早在六年前，爸爸做生意就亏本了，跟大舅借了很多钱，可能有十几万吧。那个时候，刚进入21世纪，这个数字对于我们普通家庭来说，是很多很多钱了。而这些钱，爸爸也要按照很高的利息每年还给大舅一些，每年正月初二，也都是爸妈要向大舅还钱的日子！还完一部分，撕掉原来的借条，剩下的数字再另写一张，年年如此。

也就是说，那六年我们家一直是欠着舅舅家钱的，难怪舅妈看到我的新衣服、新鞋子都是那种口气，她大概觉得我家是有钱故意不还的吧！

爸妈当然不是这样的人，我知道，他们在那么困难的时候还瞒着我对我有求必应，纯粹是父母对孩子的溺爱，不想让我受委屈。

直到这个大年初二，爸妈才咬咬牙把所有的钱都还完了！

还完债的爸妈，身上的钱加起来，还没我拿的压岁钱多，我家真的是兜儿比脸还干净了！

原来这六年来，爸妈每一天都在勒紧裤腰带过日子，他们大吵的那个除夕夜，是爸爸有生以来最困难的一个除夕。他回来的时候，其实一分钱都没有收到，想到初二要还舅舅的钱，不知道怎么办才好。爸爸说回来的车上一路看到满天烟花，他都恨不得在马路上碰个瓷儿被车子轧死算了，也许还能弄点儿钱！

但是，爸爸醉着喊我的名字。我不能死啊，我还有女儿，我不能在除夕夜就这么死了，要不然我女儿这辈子都没法儿痛痛快快过年了，所以我不能死……

我跟妈妈听着爸爸的这些醉话，各自号啕大哭。妈妈大概是哭她这六年来的煎熬终于到头了，虽然变成了穷光蛋，但好歹没有了债，无债一身轻；我哭是因为这么久以来，我竟然迟钝到什么都不知道，没有发现自己家早就是大“负”翁，还整天当自己是富二代，是千金小姐，要这要那，在爸妈那么困难的时候要那台倒霉电脑，不仅没有给爸妈帮上忙，还添了那么多乱！

这种悔恨和愧疚，压得我都喘不过气来！那次我把自己关在房间里整整哭了一夜。第二天早上，爸爸酒醒后来敲我的门，我还记得他对我说，丫头，没钱了没关系，爸爸还可以再挣，爸妈不告诉你这件事，就是不想让你受委屈。我家的姑娘，一点儿委屈都不能受！你别怕，爸妈努力，我们一定还能跟以前一样！

我什么都没说，但心里却在想，不是你们努力，是我们三个一起努力！

那年，我高三，成绩一向不好，当然已经不可能像电视里演的那样发奋几个月就能考上好学校，我没那样的天赋，只是在心里想着，不能让爸妈再为我多花一分钱。

而在那之前，我的想法却是，就算高考考不好也没关系啊，大不了花点儿钱呗，也能上个不错的学校，或者出国也行啊！

在这之后，一切都不同了，尽管知道没用，我还是狠狠地努力了几个月，最后考了一个大专。虽然不是什么好学校，可学费也便宜，而且，我相信只要我努力，到时候也一定能找到好工作！

我真的没让爸妈在上大学这件事上再多花一分钱。

上了大学的我，每天吃着食堂最便宜的菜，穿着高中时候的衣服，好在身体也基本停止发育了，以前的衣服、鞋子都能穿，也不怎么用买新的。我的那些大学同学，没人能够想象我以前过着养尊处优娇小姐一样的生活，我已经彻底告别了之前的浑蛋日子。

后来有一回，还是那个表姐，出差路过我上学的城市，顺路来看我。她陪客户吃过饭了，我就自己打了汤，泡点儿饭吃。平时我也基本都是这么吃的，她坐在我对面看着我，看了许久之后，突然对我说，真没想到，我家的豌豆公主竟然有一天会在学校食堂吃菜汤泡饭！

我笑笑，对表姐说，你看，这有饭有菜有汤，不是挺好的吗？

我说的是真心话，习惯了这样的生活之后，我也没觉得有什么不好，想想爸妈这么多年为我做的一切，我觉得，跟他们同甘共苦是我唯一可以做的事。

我就这么读完了三年大专，为了毕业的时候能够顺利找到一份好工作帮爸妈多分担一些，大一别人还只知道玩的时候，我就开始到处找地方实习。大三下学期，我因为有工作经验竟然签到了一家著名的国企。我开心不是因为国企有面子，而是因为这份工作可以有一份稳定的收入，各方面福利也都不错，爸妈也不用为我的工作问题再去找人托关系什么的！

而爸妈的生意，虽没有回到原先的规模，但也在渐渐好起来。我们从负债累累到一穷二白到大步奔小康，每个人都在努力让彼此幸福。

这么多年，在我心里，始终有一个目标，那就是照顾好自己，不让爸妈操心，不再让他们为我多花钱，然后，好好照顾他们！

现在，我已经结婚生子，有一个美满的家庭。爸妈做着小本生意，衣食无忧。外婆已经去世，大舅也年岁大了，大年初二家族聚餐的传统也渐渐没人再去遵守。如今的我很喜欢过年，因为儿子喜欢。每次看到爸妈跟外孙在一起玩耍时发自内心的快乐，我都会不由自主地笑出来，矫情地说，我很感谢生活带给我那样一场不愉快的经历，要不然，也许今天的我，还跟当年一样讨人厌吧！

评论：小姑娘能够面对自己真是很不简单的一件事，有些人，浑蛋就一辈子浑蛋下去了，然后找各种借口怪别人，其实原因都在自己身上。像故事里的“豌豆公主”，还不是变成了“拼命姑娘”吗！

黄×月（匿名）

我的妈妈，又结婚了

城市：昆明

讲故事的人：榴莲

我妈妈的人生可以说是一部传奇，她结过三次婚，每一次都惊心动魄。

她的第一任丈夫，也就是我的爸爸，原本是个维修工，早些年下海赚了点儿钱。男人一有钱就变坏，从此我爸就开启了震动模式，整天砸盆、砸碗、砸玻璃，闹得家里鸡飞狗跳没有一刻安宁。

很长一段时间，我每天的固定节目是陪着妈妈去各个夜总会捉奸。我的爸爸也从来不让我们空手而归。从失足洗头妹到纯情大学生，他找小三向来“不拘一格降人才”。但很快他就退出了渣男界，因为他生意失败，成了穷光蛋，还不幸染上了毒瘾。他不肯离婚，我妈是趁着他睡觉的时候翻窗子逃走的。她什么也没带，就带走了我。

离开家之后，我们娘俩过得特别凄惨，经常吃了上顿没下顿，只能靠外公接济着过日子。而我还很倒霉地得了病，脊柱侧弯，突发性的。直到现在每次在电视上看到得了病哭哭啼啼的女主角我都想骂人，要知道，生病不是最惨的，最惨的是生病后没钱治。

为了赚钱，我妈什么都干过。

虽然我和我妈相依为命，但小时候我特别讨厌她，觉得她势利，爱钱，典型的小市民——逛街看到打折就两眼放光往上扑，拼命在花车里抢三十五块钱一双的凉鞋。长大之后才明白，其实谁喜欢买便宜货呢，还不都是没钱给逼的。

老妈用她奇葩的赚钱方式拼命将我养大，直到我读高中，一个传奇的外国人走进了我们的生活。他是西班牙人，所以叫他老罗吧。老罗跟老妈相识多年，那时我妈还没有跟我爸离婚。有一年去三亚度假，在亚龙湾他对我妈一见钟情。老罗的热情追求把我妈吓跑了，一个来路不明的外国人，算什么情况，况且那时候她还没有离婚，于是断然拒绝了他。老罗不甘心，经常从西班牙坐十几个小时的飞机来昆明，就为见我妈一面。有时候连一面都见不到，在酒店等了几天又眼巴巴地拖着箱子回去了。

这个老罗也是个奇人。他是个摄影师，作为一个外国人，不远万里来到中国，走遍中国的每一个省份，哪里荒无人烟往哪里钻，把中国的开荒事业当作自己的事业。他精通各地方言“多少钱”和“太贵了”的说法，靠这六个字闯荡中国。多年之后跟我妈在一起了，他又开始精通各种国骂。昆明话“老斯儿”相当于“老杂种”，他说得特别溜。有一次去重庆，一瓶可乐人家卖他五块，他顺口一句老斯儿，我妈一巴掌拍过去说你小声点儿，重庆人能听懂这句！

当然，这都是后话。

老罗一直断断续续跟我妈有联系。他们彻底绝交是因为我妈的一个朋友。这个女的是个职业二奶，她的所有男朋友都是有妇之夫，但是不得不说，她特别漂亮，是我见过的最漂亮的女人。漂亮朋友也许是因为心理不平衡，把我妈之前跟别的男人交往的照片拿给老罗看。那些照片到底什么时候照的估计我妈也不记得了，老罗看了照片之后觉得自己受到了欺骗，一气之下跟我妈断绝了关系。

一晃五六年过去了，我妈一直带着我挣扎。有一天老罗突然给我妈发了封邮件。原来老罗这么多年一直没有忘记我妈，而我妈也不再是当年的年轻女人，误会澄清，两个人决定正式在一起。但是因为涉外婚姻手续很烦琐，所以他们一直没结婚。

身边很多人听说我妈跟了一个外国人之后都以为这就算是傍上大款了，都会问我，为什么你不跟着过去呢？外国多好啊。其实哪有这么简单，东西方观念不同，外国人的观念是，我喜欢你，跟你在一起，但是我为什么要管你女儿呢？况且，老罗在外国人中也属于特别抠门的那一类。他们经常会为给我交学费的事情吵架，每当这个时候我就特别难过，特别怕给我妈造成负担，有很长一段时间，我都觉得自己就是她的负担。

一直到我读大学，他们结婚的各种手续终于办下来了，我妈跟老罗把结婚证领了，俩人决定回西班牙定居。如果你以为老妈的故事就这样完结了，那就错了，这只是刚刚开始。

领证三个月后，他们决定去三亚最后度一次假，哪知道，老罗在三亚突发心脏病，死在当初他跟老妈相遇的地方。

外国人死在中国，手续特别麻烦，要联系大使馆，要出具各种证明，老罗的尸体还不准在中国火化，要用棺材装着冷冻起来运回西班牙。老妈还被警察拉去审问，他们怀疑她谋财害命，想想也是，刚刚领结婚证，丈夫就死了，哪有这么巧的事！

这些事情我都是后来才知道的，我妈一个人忍受着屈辱和怀疑，瞒着我处理完了所有的事。

老妈这一生多坎坷，好在命运并没有扭曲她的人格。她一直是个乐观开朗的人，对待身边的人十分真诚，所以老罗的朋友们都很喜欢她，真心实意地接受她，甚至把她当成自己的家人。老妈在西班牙人生地不熟，这些朋友帮她处理老罗的丧事，焦头烂额中老罗的前妻又跳出来争遗产，朋友们翻着书帮老妈打官司。那段时间，如果不是那些朋友的帮助，老妈也不知道要怎么熬过去。

办完老罗的丧事后，老妈开始在西班牙独自生活。那个时候她早就不年轻了，异国他乡，举目无亲，可想而知有多艰难，但是她真的特别坚强，“逆商”很高。我长这么大看到的她一直都是这样的。她属于不管遇到什么都会揪着头发把自己从逆境中拔出来的人，这一点，我向来都很佩服她。

老妈自己租了间屋子，只有一张床和衣柜，为了考驾照，她每天趴在地板上做卷子。只能靠死记硬背学习外语，背了两个月，本国人都头疼的考试她一次通过。

房东太太帮她找了份工作，在一个酒店打扫卫生，虽然钱不多，但总算不用再伸手向别人要钱，她开始活得有底气，靠自己的劳动过得很安心。

朋友怕她孤独，帮她注册了一个交友网站，相当于国内的世纪佳缘网，没多久，老妈遇到了现任丈夫。他在另外一座城市，每天开车四个小时来见她，两个月后，他们结婚了。她跟着他去了另外一个城市定居，那些参加了老罗葬礼的朋友又一起来参加了老妈的婚礼。

我很喜欢老妈现在的这个丈夫，跟她性格很像，活泼开朗，乐观积极。他真心实意地对老妈好。我能看出来，他看老妈的眼神里真的有爱。老妈现在状态特别好，自己能挣钱，也有存款，有底气、有工作、有老公。我想等我到了她这个年龄，能有她这样的状态，我就已经满足了。

我们俩一起走过的那些日子，现在想起来，真的不知道是怎么撑过来的，但老妈还是无比坚强地拉扯着我走过来了。尽管一路摸爬滚打，噩梦不断，但她终于还是将我培养成了一个像她一样开朗乐观的姑娘。她是个言传身教的妈妈。她教会我无论遭遇什么，永远不要自暴自弃，要对自己的人生负责。

说来命运真是无常，小时候因为生病，我十分自卑。为了给我治病，老妈找过我爸要钱，找过老罗要钱，但他们都拒绝了，直到大学毕业我才做了手术，之后整个人才慢慢开朗起来。讽刺的是，我之所以有钱做手术，是因为老罗去世，老妈拿到了他的遗产。

有些东西，大概真的是命中注定要经历的。

我想，老妈的这段婚姻应该是她的最后一次婚姻了，现在的这位丈夫会陪她走完剩下的人生。我希望她今后的每一天都如现在这般快乐安详，因为，我深深地知道，她能得到今天的这一切，是那么那么的不容易。

评论：我爱这个故事。坚强的人才有获得幸福的资格。不管生活怎样困难，都要坚强地活下去。有希望才有未来。感谢这位女儿能够这样理解母亲，能够以母亲为荣。坦白说之前我很怀疑，在看完故事之后，怎么可能会有人愿意支付阅读费，但当我看完这个故事之后，我毫不犹豫地买了——这个故事真的很值。

匿名

愿你有一天，长住幸福里

城市： 汕头

讲故事的人：豌豆公主

我撞破妈妈的秘密，是在2008年的冬天。那是我第一次知道，最寒冷的不是季节，而是从心里升起的凉意。

那天夜里十二点多，我从睡梦中醒来，隐约听见楼下有人说话。一开始我以为是妈妈在看电视，刚想下楼，却听到了一个男人的声音，然后是妈妈在说话：不要，被孩子听见了不好……

那年，我十七岁。我站在黑夜里吓得发抖，不敢下楼，也不敢开口说话，更不敢告诉任何人，仿佛是自己做错了事情一般。

我偷偷回到了床上，翻来覆去睡不着，脑子里想的是，到底该不该告诉爸爸。

我家是那种标准的“妻管严”家庭。爸爸常年在外，只有过年才会回家，他待妈妈如珠如宝，言听计从。而妈妈，自从我记事起，就对爸爸各种不满，嫌他没钱又没本事，在她眼里，爸爸大概就是个赚钱的工具而已。妈妈会因为爸爸过年的时候带回来的钱太少，跟他大吵大闹，让全家人都过不好年，也会因为一点儿小事就把他骂得狗血淋头。这么多年，我们都是看着妈妈的心情过日子，她高兴，全家高兴，她心情不好，我们大气儿也不敢出。

所以，对于我来说，我担心的根本不是妈妈，而是爸爸，我害怕生性柔软的爸爸受不了这个打击。

但没过多久，这个秘密就暴露了。几天之后的一个晚上，我被一阵急促的敲门声吵醒，闹上门来的是我的姑姑。她在楼下大吵大闹，一个人影飞快地跑到楼上，躲进了厕所。

我听见姑姑很气愤地大喊：有脸做还怕承认！接着气呼呼地跑上楼把躲在厕所里的人揪了出来。

那个男人就是我的姑丈，他是村里的干部，有见识、有气魄、有才气，在人堆儿里出类拔萃。

姑姑把他们俩抓去了她家，哭着打电话给我奶奶，让她去评理。

我跟妹妹被吵成一团的大人们吓得哭了一宿，我想也没想就给爸爸打了电话，跟他说，爸爸，妈妈跟姑丈在楼下被姑姑抓到了，她现在不在家，我怕……

直到现在，我都后悔给爸爸打了那个电话，对于一个男人来说，这应该是最大的耻辱吧。可是，这个耻辱，却是自己的女儿亲口告诉他的。

但爸爸并没有生气，也没有骂我，只是安慰我，哄我去睡觉。我跟妹妹躲在被子里闷着头不敢出来，感觉天都要塌下来了。

其实，后来我才发现，这件事似乎并没有我想象得那么严重，结局云淡风轻，在奶奶的劝说下这件事儿不了了之，“都是一家人，闹出去不好听”，奶奶的这句话可能戳中了每一个当局人的软肋。再后来，姑姑家跟我们家断绝了关系，妈妈跟姑丈也彻底断了，没人再提起这件事，包括爸爸。他回家依然什么都没有说，对妈妈的态度在后来的日子里也并无改变，仍对她那么喜欢，自己平时舍不得花一分钱，却毫不心疼地从深圳给她带回她喜欢的化妆品，买各种东西哄她开心……

我不知道爸爸是真的懦弱，还是为了我们，不想让孩子生活在这件事情的阴影里。

总之，这件看上去天大的事，对于一向颐指气使的妈妈没有任何影响，爸爸依然把她当成手心里的宝，并且时常为妈妈开脱，教育我们“你妈也不容易”。

是的，妈妈确实不容易，她这一生，说起来也是一出悲剧。

妈妈原本是四川人，一生下来外婆就因为难产死了。没有妈妈的她就跟着一个比自己大几岁的女孩一起到广东来打工，其实是上当受骗了，来了之后根本就没有工作安排给她们，而是被卖到了村里的小作坊。

奶奶只花了三千块钱就把妈妈买回来给爸爸当媳妇儿了，那时候，我们村的媳妇儿几乎都是这样买回来的。妈妈那年才十九岁，长得特别漂亮，爸爸一眼就看中了她，尽管奶奶并不中意，但爸爸坚持非她不可，奶奶最后没办法，只好把妈妈领了回来。

妈妈答应嫁给爸爸的唯一条件就是，她要跟家里人联系。爸爸喜欢她，不顾奶奶反对一口答应了。爸爸娶妈妈的时候二十四岁，在村里已经算是年龄大的了，对于这个漂亮老婆，爸爸百般呵护，恨不得把星星摘下来给她，唯恐哪天失去了她。

但木讷老实的爸爸完全不是妈妈喜欢的类型，他们的婚姻，从一开始就注定只是一场交易，只是，爸爸在这场交易里付出了真心。多年来，我看着他为妈妈做的点点滴滴，为他不平，也在心里默默期望，有一天老妈会突然感动，他虽终不能达到她的理想，却给予了她那么多爱，是一个可以托付终身的人。

结婚后的妈妈，真的开始寻找自己的家人，她记得老家那个村子的名字，找了很多年，一直到我出生，才终于找到，并联系上了舅舅。

舅舅来我家的那天，妈妈去给舅舅买酒，走到半路，我就要出世了。

后来，妈妈又相继生了两个妹妹，因为一直没有生出儿子，奶奶很不喜欢她。

妈妈骨子里当然更不喜欢自己的生活，她跟那些一起被拐卖的女孩儿不一样，心高气傲，不安分，总是有各种各样的不满与叹息……小时候我不懂，觉得自己的妈妈不像其他人的妈妈，将所有的精力都放在孩子和老公身上。妈妈常常出神，很早就教我们自己做饭，让我们要独立，我觉得她不是个合格的母亲。在很多年之后，我慢慢长大，渐渐开始重新审视她，才明白原来她心里一直装着另一片天地，在那片天地里，她有梦想，有自由，有爱情，有独立的人格……

但是，鲜有人懂。妈妈这辈子，终究是缺少一个懂她的人。

对于自己的人生，妈妈并不是没有抗争过，那些年，她时刻想着自己的四川老家，想着回去。那些跟她一起被买来的女孩儿们，在生了孩子之后，便都不会再想逃跑了，而妈妈不同，逃跑这件事在她多年的人生中是一件始终没有放弃过的事，她会趁爸爸不在家时去车站买票，企图跑回家。

可农村不像城市，家家都是敞开门的，你有一点儿动静，人尽皆知，只要妈妈一有心思，就会有人去告诉奶奶，你家媳妇儿又跑啦！所以，每次妈妈逃跑都会被抓回来。我长大之后，妈妈常常对我说，要不是因为你们三姐妹，我早回四川了。

每次，我都会在心里默默反驳：那是因为你每次逃跑都不成功吧！

在妈妈的不甘里，我和妹妹们几乎没有体会过所谓的家庭幸福。我们时刻小心翼翼，过早地学会了照顾自己，习惯了在暴戾的争吵声中保持淡定……我曾将这些不幸都归咎于妈妈，如果不是她，也许，我们姐妹和爸爸，都不会活得这么憋屈。

只有时间，在兀自流逝的时间里，我也慢慢看到了妈妈的憋屈。

妈妈对她这平庸的一生充满了怨恨与无奈，她骨子里就不是甘于平淡的人，所以，她拥有的一切都不是她想要的。一个木讷、没本事、连句甜言蜜语都不会说的老公，埋没在小村子里毫无希望的枯燥生活，杀死了她对于爱情与梦想的幻想。她曾对我说，如果她晚生二十年，可以自己选择，一定不会这样过一生。

我看着她落寞的表情，好像是对现实无奈无声的控诉，她无力回天，只有牢牢地去抓住自己能抓到的东西。

所以，妈妈现在唯一的热爱就是钱，如果爸爸过年回来没有带着她预想中的数额，那就是一场歇斯底里的吵架；我给她买东西，她会说还不如直接给我钱呢；她嫌弃爸爸没本事、赚不到大钱，动不动就对他发脾气……我想，钱，大概是她能够真实感觉到的唯一的安全感。

她曾经的安全感，是日夜渴望回家，但计划还未成形的时候，外公便离开了人世；等她再次准备踏上乡土，我二妹怀孕了，需要她留下来照顾；她曾经的安全感，是有人陪伴，但我们姐妹大了之后，都出去上学、上班，她开始一个人在家，有时候打电话，她会说在沙发上看电视，看着看着就睡着了；她曾经的安全感，是爱与被爱，但现在她跟爸爸已经分居快一年了，爸爸不同意离婚，凑合和希望妈妈被打动是他一辈子的心愿，尽管，在这场婚姻里，谁都没有真正得到幸福……

我想，这么多年来，妈妈的内心一定是无比孤独的，所以她用叛逆和暴躁来反抗。她没有给家庭带来应有的温暖，她除了姑丈之外还有过其他男人，她一次又一次伤害我们，伤害深爱她的爸爸。她一直在找寻，企图找寻一个可以证明自己骄傲地存在过的方式，却始终空手而回。

这一切，在我试着去理解她之后，便无法再恨她。

她何尝不是悲剧中最大的受害者，她的人生从来不够完整，从来没有按照自己的想法活过一天，她对所有的一切不满，因为她亦是被命运亏欠的那个人。

她所渴望的那些温暖，从没得到过。

如果有一天，我有勇气对妈妈敞开心扉，我很想对她说些一直都想说的话：假如有可能，我宁愿放她真正去为自己活一次，去追求她想过的生活。即便最后的结局好坏都是未知，我都真的希望，她这一生，能够体会哪怕一分钟，享受自己的幸福。

评价：看完令人辛酸和唏嘘，这是一个跟传统概念中的母亲完全不一样的妈妈。怎么说呢？女儿是个好姑娘，人与人之间，贵在理解吧！妈妈这一生，大概永远就是不甘心了。

匿名

一个名牌包与三万斤奶粉

城市：深圳

讲故事的人：张尔皱

我在深圳工作了三年，因为与香港仅一江之隔，所以跟同事去对岸逛了几次。真是不看不知道，一看吓一跳，同样的东西只隔了一条江，价格就是天壤之别。于是我决定加入淘宝代购的大军。

可能因为近几年从内地去香港买东西的人太多了吧，明显能感觉到香港那些商场导购的态度越来越差。长期的工作经验让他们能够一眼看出顾客是香港本地人还是内地人，是单纯的顾客还是代购，对这几种人，导购的态度是完全不一样的！我自己去买东西的时候，也常常会遭到导购的白眼，就好像我不是去买，而是去赊账一样。

这段代购的经历让我想通很多事，也明白很多道理。生活赋予每个人的感受何其不同，有人爱香港，因为它是购物天堂，有人恨香港，因为越繁华的地方越代表生存不易。

后来，我遇见了一个水客妈妈，她做水客很多年了。

奶粉是代购中比较受欢迎的，也是需求量很大的，在香港，常常能看到水客们拖着塞满奶粉的沉重箱子行走在香港繁华的街头。他们站在那里，身边的人衣装整齐、步伐轻快，好像每个人都是天之骄子，而他们只是极其渺小的一个小点儿，小得像一个被丢弃在路边的易拉罐。

我和那个水客妈妈第一次见面，聊了一会儿。她说有时候要买的东西太多，不止奶粉，还有很多别的货品，她只能在商场门口打开箱子往里面装货。香港的街头那么热闹，人来人往，每个人都用怪异的眼光看着她，那些眼光好像红外线，能穿透人心的，将她的自尊心照得碎了一地。

我问她为什么要做这个，她苦笑着说："有时候我也不知道自己为什么要过这种生活，我不想做了，但也只能是想想，我不能忘记我是个妈妈。"

我没有问她的丈夫去哪儿了，也没有问她是否还有其他收入。生活对于很多人来说，是何其艰难，如果不是因为想让家人的生活过得好一些，谁不想舒舒服服地躺在家里睡大觉？

有一天，她突然打电话给我，在电话那头说："我女儿要过二十岁生日了，我知道她心仪一个包，两万多块，一直舍不得买。我想在她生日的时候，买这个包送给她作为生日礼物，所以，麻烦多介绍生意给我呀。”

我嘴上应着好，心里却像被什么堵住了一般，很难受。

你可能不知道，一个两万多块钱的包，意味着一个水客要在香港和深圳之间往来三百趟。如果是帮客人带奶粉，那么，要带三万斤的奶粉。

三万斤啊，是什么概念？堆在一起，大概能堆成一座小山！可是，她却要用瘦弱的肩膀拖着这些奶粉，一趟一趟像蚂蚁搬家一样，将它们从香港的各个商场搜集起来，然后一路运到深圳，送到指定的地方。

愚公移山也不过如此吧。

这段经历像影子一样跟着我，即便自己不再当“搬运工”了，每次去香港看到那些水客，心里仍然很难过。挤在香港汹涌的人潮里，站在豪华璀璨的高档商场里，路过那些无比奢华的橱窗，看见那些拖着好几个箱子坐在街上啃面包的人，我都会想起那个水客妈妈。

在这个世界上，背两万块钱包的人太多了，对他们来说，这根本不算什么，但是，当它被换算成三万斤奶粉的时候，却沉重得让人心碎。

评论：读书的时候学校流行耐克，人手一双板鞋，唯独我没有。我回家哭闹了好多天，非让我妈给我买一双。那段日子家里特别困难，我跟她闹了一个星期，最后终于得到了一双梦寐以求的耐克。后来才知道当时妈妈把外婆留给她作纪念的几个大洋卖掉了。长大之后想起这件事觉得自己实在太不懂事了。

梁×××（匿名）

中国式母亲

城市：南通

讲故事的人：小吹

我妈妈这辈子就是一部苦情大戏，在我长大之后，回望她的前半生，有一种恍如噩梦的感觉。

妈妈年轻的时候特别要强，处处争第一，典型的模范生，是邻居们责备自家小孩的时候拿来对比的那种“别人家的孩子”。

妈妈高中毕业那年，有天晚上跟同学去看电影。当年看一场电影可不像现在，那时候要走好几十里路，才能看上一场露天电影。那天看完电影回来的时候，因为路远，她搭了镇长儿子的自行车。第二天消息就到处传开了，说她跟镇长的儿子在谈恋爱。

谣言越传越广，本来没影儿的事被添油加醋传得沸沸扬扬，而且说得很难听，说妈妈趋炎附势巴结镇长，勾引镇长家儿子，小小年纪要手段，说不定连考上大学都是走的后门。妈妈为了证明自己的清白，一气之下连大学都没有去读。

现在想想很可笑吧，用自己的前途跟别人赌气，多傻啊！

妈妈没有去上大学，立刻就有人来说媒，最后外婆选定了离娘家有点儿远的爸爸。爸爸是城市户口，又向外婆保证，妈妈嫁过去马上就可以转为城市户口，工作也没问题。在那个时候，有个城市户口是件不得了的事，是吃国家粮的，我们那儿管有城市户口的人叫“国家人”，有了这样的诱惑，这桩婚事就这么定了下来。从此，妈妈开始了她的悲剧人生。

妈妈嫁过去之后才发现，所谓的转城镇户口、工作等承诺都是骗人的，爸爸根本什么都没有帮她解决。但一向要强的妈妈还是忍了，她不能回娘家，也不能离婚，因为这两样都是很丢脸的事，她不能被人嘲笑，也不能让外婆家丢脸。于是，妈妈带着自己从娘家带来的五千块钱开始了自己的婚姻生活。

当年的五千块，可以说是一笔巨款，她也是靠着这笔钱养活了全家很长一段时间。

妈妈的婚姻生活比想象中更艰难，没有城市户口也就算了，没有办法解决工作问题也可以忍，但是爸爸的亲戚们仗着自己都是城里人，整天欺负来自农村的妈妈，对她不是骂就是打。

爸爸更不争气，整天在外面拈花惹草，直到妈妈生我的时候，爸爸还在别的女人床上，家里人到处找他才找到。爸爸跑到医院，妈妈难产情况很危急，医生问爸爸保大还是保小，爸爸平时神气活现的，一到关键时刻就腿软。最后是妈妈拽着医生的手求着一定要保小，这才留下了我。幸好后来，妈妈也被救活了。

妈妈本以为有了我之后，日子会好过一点儿，毕竟有了个儿子。可是她错了，妈妈在家被欺负的频率完全没有减少，反而越来越疯狂。那些亲戚对妈妈比对奴隶还要狠，稍有不顺张口就骂，打她更是家常便饭。我清楚地记得有一次，几个亲戚把妈妈打倒在地，沿着门口的石子路拖行。那时候没有柏油马路，路上都铺着鸽子蛋大的石子，有棱有角，妈妈的裤子被磨破了，两条腿都磨出了血，凄惨无比。

那年我才六岁，看着妈妈被拖在地上，独自一个人哭着跑到大街上找人报警。

而这样的暴力事件，妈妈这一生，不知道经历了多少次，她没有被打死，可以算是一个奇迹。

而她的丈夫，也就是我的爸爸，没有给她任何保护。他从不关心我和妈妈，只顾着在外面勾搭女人，甚至还把她们带回家来，当着妈妈的面跟她们打情骂俏，丝毫不避讳，完全忘记了自己是个丈夫，更是个父亲。

妈妈很懦弱，正是这样的懦弱，助长了坏人的气焰，让她的日子一天比一天水深火热。妈妈从不跟娘家人说自己被欺负的事，也不许我说，每次回家都说过得很好，让家人不要担心。

其实，妈妈有过好几次离开这里重新组建家庭的机会，她都放弃了。我记得她对我说过："不管你爸对我怎样，他始终是你亲爹，对你终究是好的，要是改嫁，后爹会不会对你好，我没把握！没有哪个妈妈会只顾自己而不顾孩子！"

妈妈把我拉扯到四岁，到我可以照顾自己的时候，她便去参加了县里可以分配工作的考试，考了全县第一，进了当时很吃香的百货商场。妈妈工作努力，人又勤劳，很受领导重用。但是在那个吃大锅饭的年代，如果你没有后台，性格也不强硬，干得好对你来说并不是一件好事，因为很容易被人嫉妒。

本来领导对妈妈很信任，有意给她更好的机会，但流言再一次改变了妈妈的一生，整个百货商场都流传着她跟领导有一腿的谣言，妈妈一气之下，辞职了。

在我看来，妈妈这一辈子好像都在拿自己跟别人赌气，那种毫无用处的所谓清白，毁了她一次又一次。而在妈妈看来，尊严是比吃饭和活着更重要的事，她可以死，但绝不可以没有清白。

还好妈妈能干，很快就去了镇上的纺织厂上班，也算又有了一份不错的工作。但好景不长，没过多久大批工人下岗，妈妈也是其中一个。为了维持生计，妈妈开始在街上卖盒饭，每天在家里烧好饭菜，一个人推着车子到街上去卖。有时候要送到一些偏远的工厂，一个人拿那么多盒饭坐小巴，又怕压又怕洒，每次都十分狼狈。

但妈妈还是坚持了下来，只要能够挣钱养活我，给我好的生活，她什么苦都能吃。

我上大二那年，妈妈送盒饭时从小巴车上摔了下来，尾椎骨断裂，奶奶竟不肯借钱给她看病。其实妈妈是有些存款的，可她却执意要把那些钱留着给我做学费，始终不肯动用那笔钱。

就这样，尾椎骨断裂的妈妈不仅没有去医院，还坚持继续卖盒饭，最后昏倒在路上。被抬回家后，妈妈对爸爸交代了每一分钱的用途，嘱咐他一定不可以乱动，这些钱每一分都有需要的地方，一分闲钱也没有，那时候，她分明是在交代遗言了。

大概是老天有眼吧，妈妈在家昏睡了两天之后，竟然奇迹般地好了。

卖盒饭的辛苦没有白费，妈妈省吃俭用为家里盖起了一栋两层小楼，但是，全家人仍然排挤她，她出钱盖的房子，到头来自己却连钥匙都没有。

日子一天一天过去，我也渐渐长大，终于可以保护妈妈了。大学毕业的那一年，全家人在一起吃年夜饭，姑姑不知道因为什么鸡毛蒜皮的小事，当着大家的面开始骂妈妈，在我们家，这是一件非常常见的事。但是那天我当场掀了桌子，一整桌的菜全部被掀翻在地，在场的所有人都目瞪口呆，我对他们说："从今天开始，你们没有人可以骂她了，谁也别想再欺负我妈！"

那天晚上妈妈把我责备了一顿，语重心长地给我分析："不管怎样，大家都是亲戚，姑姑还刚刚帮你找了工作，你怎么能这样，害得全家都没过好年！"我对妈妈说："这件事只是对他们的警告，哪怕我没有工作，哪怕以后咱们在街边要饭饿死，我都不能让他们再这么欺负你！"

从那之后，妈妈的日子真的稍微好过了一点儿，那些人不敢再那么放肆地找她的碴儿了。

妈妈一直信佛，我从小在那样的环境下长大，她很怕我对那些欺负她的人心存怨恨。很多次我忍不住要对他们爆发，都是妈妈拦着我，她不允许我做出任何报复的行为，她怕我因为阴暗的童年变成一个内心充满仇恨的人，从而毁了我的一生。她对我说得最多的话就是："不要记恨，不要去恨那些人，更不要恨你爸，恨是没有用的，恨只会让自己痛苦，做了坏事的人一定会有报应的。"

我不知道是不是真的有报应，但当年那些虐待过她的人，都没有好下场。最凶狠的舅妈，前几年得癌症死了，爸爸的两个姘头，也在几年前相继得病死掉了。有时候我觉得上天在冥冥中保护着妈妈，像妈妈那样隐忍地活着，大概是老天都看不下去，才帮她惩戒了那些人。

说到这里，看故事的人可能都在为妈妈的一生唏嘘吧。其实，能够说出来的这些，在妈妈的人生中只是九牛一毛，我跟妈妈都不想再去回忆那些痛苦的往事。现在我已经结婚生子，有了幸福的家庭，爸爸也年纪大了，不再像年轻时一样浑蛋，变成了一个心怀歉疚的老头。我把他们俩接到我身边，安享晚年。现在他们俩最开心的事情就是跟孙子在一起，将所有的心力全部花在这个新生命上。

其实到现在为止，我都不确定妈妈这么多年的隐忍究竟有没有意义，如果当年勇敢反抗，不忍那些坏人，结局会是怎样呢？我不知道。但是我的心里永远都充满感激，最大的庆幸就是妈妈没有让我成为一个充满仇恨的人，她用整个人生来教会我，不管身处怎样的环境，都要知道如何去爱。

这是她对我最好的馈赠，让我终身受益。

评论：看完其实挺生气的。不赞同女人这样忍气吞声地面对不公！但是特别佩服这位母亲的是，她没有像其他母亲那样让儿子恨父亲，而是一直教他去爱别人。跟很多夫妻关系不好就撺掇孩子恨另一方，整天说另一方坏话的父母比起来，真是太有智慧了！

匿名

老太的新衣

城市：南京

讲故事的人：墨绿

我家住在一个很老的小区，跟现在高楼林立的新式小区不同，几乎每户人家都相互认识，平时也会来往，邻里关系非常不错。

小区里有个老太太姓于，她有三个孩子：一个儿子，两个女儿。老太三十多岁的时候丈夫生病去世了，她一个人拉扯三个孩子，日子苦得没法说。为了养家，老太太白天在工厂上班，晚上趁着天黑别人看不见的时候捡破烂；当保姆帮人家看孩子，自己家孩子生病了都没法照顾；最困难的时候，三个孩子都要上学，她去亲戚家借钱，回来的路上一边走一边哭，借是借到了，却不知道自己什么时候能够还得起。第二天把孩子送去学校，她跑到附近的河边站了一个上午，想一死了之，这样亲戚就不好意思找孩子还钱了。后来想想，自己死了会让孩子们这辈子都没法抬起头来做人，于是狠狠心又回家继续活着。

她聊天的时候跟我说：“人家都是狠狠心去死，而我却是狠狠心活下来，因为那时候对于我来说，死确实比活着容易得多。”

日子就这样一天一天熬过去，终于熬到三个孩子都上了大学，考上公务员的进了政府单位，还有当白领的和做生意的，虽然没有大富大贵，总算是吃穿不愁。孩子们轮流接老太太去自己家住，想让她过得好一点儿，享享清福，把之前那些年经历的苦难都忘掉。

老太太家里现在条件好了，想吃什么可以吃，想穿什么可以穿，但多年来养成的习惯却一时半会儿改不掉。老太太还是非常节约，连家里喝完饮料的瓶子、买东西的塑料袋都舍不得扔，存着卖给收破烂的，虽然只能卖一两块钱，但老太太也高兴得很。

有一段时间，老太还瞒着子女，帮小区里一户双职工接孩子放学。每天下午三点准时去学校，把孩子接到自己家，给他弄点儿吃的，督促他写作业，一个月工资六百块。老太太家距离学校有三站路，老太太去的时候舍不得坐车，为了省一块钱车费，都是走着去，老年人走得慢，大概要走半个小时，把孩子接到了，回来就得坐车，因为孩子不愿意走路。

后来有一天，老太太不知道怎么的突然两腿麻木，下不了床，她以为自己中风了，吓得赶紧把女儿和救护车都喊来，却突然又好了起来。但也因此暴露了帮人家接孩子的事，子女再也不让她去接孩子了。

因为没了这六百元的收入，老太太更节省了，儿女买的新衣服、新鞋子从来舍不得穿，说旧的还好，穿坏了再穿新的。可现在这年代，有多少衣服是穿坏的呢？老太太就这么一直穿着旧的，一件冬天的棉袄，至少穿了有二十年！

但今年过完年没几天，老太太去菜场买菜的时候，平时常在一起聊天的人看到她竟然从头到脚都是新的，新棉袄，新棉裤，新鞋子，连里面的羊毛衫都是新的！大家觉得很奇怪，忍不住问她怎么舍得穿新衣服啦。

老太摆摆手，一脸不高兴，连声说："别提啦！别提啦！"

原来，过年的时候，老太太的孩子们趁着她洗澡的时候，合谋将她原来穿的旧衣服、旧鞋子全部用剪刀给剪了，把干净的新衣服放在门口。这下，老太洗完澡出来找不到原来的衣服，只好穿上了新衣服。

后来，孩子们怕她一个人在家的时候又会把这些破衣服捡回来补补再穿，干脆把她那些旧棉袄、打了补丁的内衣全给扔了，彻底"斩草除根"。这下，老太太没办法了，总不能光着吧，只能从头到脚都穿了新的。

老太告诉大家的时候还一脸心疼，嘟囔着："干吗都扔了呢，都还能穿呢，在家穿穿也好，多浪费啊！"

大家都笑，夸她有三个好孩子，又说早该扔了，这年头谁还穿补丁衣服！

一身新衣服，对于年轻人来说，也许再寻常不过，但对于这样一个一生都在吃苦的老太太来说，穿新衣却好似一件十分奢侈而又神圣的事。

其实，对于儿女们来说，想给予父母的回报，又岂止是一身新衣呢？

评论：哈哈哈哈！看完这个故事我会心一笑，无比感动啊！老人家都一样，舍不得吃舍不得穿。我妈妈也是，有好吃的都会留给我和弟弟，后来我俩达成默契，想让妈妈吃她舍不得吃的东西，我们就会说，这个不好吃，扔掉吧！妈妈舍不得扔掉就会吃了！这个办法跟故事里面的方法有异曲同工之妙！

匿名

每一个特纳孩子都是妈妈的天使

城市：上海

讲故事的人：天使妈妈

讲这个故事的时候，我的女儿已经二十八个月大了，现在看起来，她跟其他正常的小孩子几乎没有什么两样，不知道的人根本看不出她有什么特殊。但是，每当看到别的孩子能跑能跳无忧无虑的样子，想到自己的女儿二十八个月来所受的那些苦，我就忍不住黯然神伤。

女儿四个半月的时候，我和老公发现她有点儿不对劲，带她去医院检查，查出是脑瘫。当时，我跟老公怎么也不敢相信这种厄运会降临到我们的女儿身上。那时我们还不知道，这仅仅只是个开始。之后女儿身体一直不好，十个月的时候，又是一个晴天霹雳，医院报告说女儿缺少一条性染色体，确诊为特纳综合征。

我们拿着报告去给医生看的时候，医生直截了当地对我们说："你们不用给她治了，治不好的！"

很多人都不知道什么是特纳综合征吧，这是一种性染色体缺失的先天性疾病，孩子将来会身材矮小，成年之后的身高一般也只有一米四左右，无法生育。有的患者会颈蹼、心脏及肾脏畸形、视力及听力下降……特纳综合征还容易引发其他疾病，比如糖尿病、关节炎，患者的寿命都很短。

知道这个消息的时候，我跟老公抱头痛哭，接近崩溃。冷静下来之后，我们俩约定好，谁也不怪谁，不去指责到底是谁的责任，这样只会雪上加霜。我们唯一能做的，就是想办法带女儿看病，让她在可能的情况下恢复到最好的状态。

但要真做起来，又谈何容易呢？女儿到了十二个月还不会走路，身体很软。每当看到别人家的孩子活蹦乱跳的时候，我的心就止不住地疼，恨自己没有给女儿健康的身体，不能让她跟其他孩子一样拥有灿烂的人生，是我让她吃苦了。

这种情绪纠缠了我很久，有段时间每天早上起来我都要告诫自己，不能有任何负面情绪，如果我自己不坚强，又怎么能够帮助女儿战胜病魔呢？我不断地鼓励自己，强迫自己不管怎样，都要坚持下去！

女儿从身高明显低于普通孩子起就要开始打生长激素针，

一直到十六岁，每天都要打。看着针头扎进女儿粉嘟嘟的皮肤，我感觉比扎我自己还要疼。每天打针，对于任何一个大人来说都很痛苦，更何况她还那么小，怎么承受得了这样的折磨！

一想到这个，我又开始百爪挠心，但我心里明白，这不是我溺爱她的时候。

从查出特纳综合征开始，我们就带着她不断地接受各种治疗，看着她小小的身体不断地忍受那么多检查，我心疼得不行。可看着她的健康状况一点儿一点儿改善，我在心酸的同时又充满了动力。

从女儿十二个月开始，我们就盼着她能够走路，可是一直到了十八个月，她的身体仍然是软软的，我爸妈一度怀疑她是不是就永远不会走路了。那段日子，我每天都无比绝望。直到有一天，女儿跟大她几岁的哥哥姐姐们一起玩，我们谁都没有注意到她。哥哥姐姐们嬉闹的时候，女儿突然站起来冲出去追他们，一口气走了至少两米的距离。我看着她跌跌撞撞走起来的样子，简直不敢相信，我的女儿，我以为她这辈子都无法走路的女儿，她会走路了！

那一瞬间，眼泪在我的眼眶里打转，我忍住没有让它落下来。

虽然对于正常孩子来说，十八个月才能走几步路，可能是一件很可笑的事，但对于我来说，这一天我等得太久太久了。

不管女儿的病结局会怎样，在我们眼里，她都是上天赐给我们的天使。她聪明、可爱，会自己拿着拖把帮我拖地，嘴里喊着让妈妈去玩；她会在我跟老公为到底给不给她吃糖争吵的时候乖乖把糖放下；她也会撒娇、耍赖、耍小心眼儿……纵使她二十八个月了，摔倒了仍然很难爬起来，跳跃等大动作都无法完成；纵使我们都知道她到了十六岁就要开始吃雌激素，忍受跟变性人一样的痛苦；纵使她长大了也不会发育，不能正常长高，不会有例假，不能生小孩……纵使她有那么那么多的不同，有那么那么多的不完美，可她仍然是我们的宝贝。

从女儿被确诊为特纳综合征开始，姐姐、爸妈、我跟老公，都在想尽所有办法，希望对她的病能有帮助。每个月仅仅是生长激素的费用就在三千到五千元，还有一些其他检查都不算在内，但对于我们来说，钱已经完全不是重点了，重点是她将来会怎样，我们每一秒钟都在渴望奇迹发生。她一天天长大，跟同龄人的差距会越来越大，也会面临各种各样更残酷的问题，我们只希望，现在的积极治疗能够让她的将来好一点儿，再好一点儿，让她离正常人近一点儿，再近一点儿。

为了更多地了解关于特纳综合征的消息，我加入了一个关于特纳综合征的QQ群，群里有特纳患者的家长，也有特纳患者本人。大家平常会分享一些有帮助的信息，会相互鼓励，在这个群里，我们都是彼此坚实的后盾。

我们称特纳孩子为“天使”，TS，这两个字母也是“特纳”的英文缩写，而这些错失了老天宠爱的孩子，是每一个妈妈独一无二的天使。

群里最高的特纳患者已经长到了一米六八，对于每一个特纳妈妈来说，这无疑是一件最让她们充满信心的事。我们在群里约定好，都做好逼迫自己孩子的打算，因为这个长到一米六八的孩子的妈妈每天逼着孩子跳绳一千下，每天如此。我们都知道这有多辛苦，但是为了孩子长大以后少受一个白眼，少受一点儿歧视，我们必须这么做。

群里每天都会有人汇报各种状况，有的特纳孩子上了幼儿园被同学欺负，因为大动作做不好，不如普通孩子灵活，不被老师喜欢；有的孩子到了发育年龄问妈妈："为什么其他同学都来例假了，我还没有？"妈妈只好回答她："你跟妈妈一样，结婚了才会有。"虽然这种欺骗瞒不了一辈子，但是你让一个母亲怎么开口对女儿说，"你跟别人不一样，你永远成不了真正的女人"；有的孩子很敏感，问妈妈："我是不是有什么问题？"妈妈很奇怪，问孩子："你怎么知道？"孩子说，"你从小就对我说小孩子很讨厌，要我不要生小孩，我就猜肯定是我自己有问题生不了小孩"；还有的特纳患者已经成年，她们希望有自己的孩子，希望可以成为母亲，虽然知道不可能，也知道对身体伤害很大，但还是一遍一遍地去医院做试管婴儿，只是为了想要一个奇迹，让自己跟别人一样。

群里的每一个特纳患者都比想象中坚强，他们并没有因为自己是个病人就放弃寻找自己的价值，现在有很多适龄的特纳患者都在工作，他们中有会计、教师、设计师，还有公务员，他们凭着自己的努力，在世界的各个角落发挥着自己的价值。虽然常常会因为身高问题遭受很多异样的眼光，但很少有人知道，他们得到这么一个平凡的岗位，付出的努力是普通人的多少倍！

现在，我希望女儿能够达到的最好结果，就是长到一米五以上，健健康康地长大，和普通人一样工作，找到一个真心喜欢她的人结婚，然后领养一个孩子；最坏的结果我也想到了，也许几年之后她的心脏、肾脏就都不好了，也许只能活到二十多岁就会永远离开我们。这两种可能，我都在脑子里想过一万遍。

无论女儿最后会是哪一种结果，我都愿意陪着她一起勇敢地走下去，去面对这苦难的人生。我希望她做一个生活的强者，更多地去享受这个世界，哪怕多一分钟、多一秒钟。而我，永远是她的妈妈，无论何时，都会陪伴在她身边。

评论： 我看哭了，同为当妈的人，只有当妈的才能理解这份心情。无比感激上天给了我一个健康的宝宝，我不盼望他大富大贵，只盼望他一生平平安安。

匿名

弄错的礼物

城市：重庆

讲故事的人：珍珠

大二那年我谈了场恋爱，掏心掏肺地对那个人好，对于那时候的我来说，全世界只有他最重要，比自己都重要！

寒假回重庆，我跟朋友逛街，心里想的也都是他，想着他老是抱怨连一条正式的领带也没有，我一咬牙，给他买了条天蓝色细斜纹领带，花了五百块钱。

对于还是穷学生的我来说，五百块一条的领带绝对是奢侈品，但当时我觉得为他花五百块钱根本不算什么，只要他高兴，一切都是值得的。

从没有一个假期如此漫长，我天天盼望着开学，好不容易到了开学前一天，我收拾行李准备出发，反复摩挲着那条质感上乘的领带，幻想着男友收到礼物时惊喜而又感动的脸，我的心里甜蜜极了。

忽然钥匙开门的声音打断了我的幻想，是爸爸。

我迅速把领带掖到被子里藏了起来。

“幺儿（重庆话中对宝贝的昵称），我买了烤鸡，快出来吃，吃完送你去机场。”爸爸推门进来，拉我去吃饭。我匆匆吃完，爸爸拎上我的大行李箱送我。

经过两个小时的飞行后我终于到了学校，第一件事就是兴冲冲地准备向男友展示那条精心挑选的领带。然而，一翻行李箱，我才想起那条昂贵的领带还躺在我的被子里。爸爸进来时，我一慌张塞进被窝里，接着就被爸爸拉去吃饭，走的时候根本没拿！

完蛋了！被爸爸发现了怎么办？一条男人的领带放在我床上……额头上不由自主冒出冷汗，我战战兢兢地拨通了爸爸的电话：“爸，我、我已经到南京了。”

“嗯嗯，赶紧收拾一下，然后好好休息。”爸爸说。

我小心翼翼地探他的口风，希望他没有发现。可是，根本不可能，他问起了那条领带，“我帮你理被子的时候发现床上有条领带……”

我的头皮发麻，“那个……”

忽然我急中生智，脱口而出道：“那个是……是补送您的生日礼物，今年我不是忘记您的生日了吗？”我在电话这头笑得极其不自然，心跳如雷。

“哈哈，真的吗，我说你中午怎么那么神秘，原来是想给我个惊喜啊！”爸爸的声音听上去开心极了，我很久都没有听见他这么笑过了。

“嗯，是啊……惊喜嘛！”

“你都很久没送过我礼物了！”老爸停顿了一下，我突然觉得有什么东西哽在嗓子里，这句话虽无心，却那么重。

挂了爸爸的电话，我的心像被人揪住了一般，愧疚像沉寂已久的火山开始地动山摇。

是啊，上大学之后我就再没送过爸爸礼物，每次接到他的电话，都觉得十分不耐烦。他每次问的问题无非是“吃不吃得惯啊？”“和同学相处得好吗？”“老师对你好吗？”“钱够用吗？”都没有点儿新鲜的。

我觉得我的新生活才刚刚开始，新的同学，新的朋友，新的恋爱，新的环境。我要做的事情太多了，我正在不断接受更多信息的覆盖，变得越来越新潮。

而爸爸，他永远停留在我小时候的那个世界里，我恐怕从心里开始感到厌倦了吧。

可是，我从没想过，爸爸一直默默地承受着这份失落和嫌弃，努力去适应我，接受我已经渐渐不需要他保护的这个现实。他在慢慢适应，自己在女儿的生活中，已经没有那么重要。在爸爸眼里，我大概正在渐渐变成一个陌生的女儿。

如果不是那条原本不是送给他的领带，我什么时候才能让爸爸感觉到这一份惊喜的温暖呢？

这件事我至今都没有告诉爸爸，我希望他永远记得那份女儿带来的惊喜和快乐。而我，从那之后真正学会了去关心他，不再像从前一样，一味地敷衍。我知道，爸爸很怕自己在女儿面前变得越来越没有价值。我会时不时地向他传递那种“老爸我该怎么办，你得给我想想办法”的信息，让他觉得自己还是被需要的。

如今，距离这件事已经很多年了，我已经在南京有了稳定的工作，靠谱的男友，贴心的闺密，回重庆的日子更少了。离家时日长了，更明白为人父母的心，两天一通电话，一周一次视频，长假第一时间飞回家早已成为雷打不动的惯例。

就像爸爸从小到大对我说的那句话：“不管你长多大，走多远，都永远是我的女儿。”我的父母，也永远是上天送给我的最贵重的礼物。

尽管有一天，老天爷会收回这份礼物，但我相信，每一个收到礼物的人，都会以一颗最温柔的心去呵护它、珍惜它。

评论：喜欢这个故事，爸爸的爱很粗糙，可是爱得深沉。直到我儿子四岁半我才体会到做父亲的心情。其实我的心里很爱爸爸，只是不知道该怎么表达出来，于是决定给他送一份礼物。

匿名

良人未归来

城市：南京

讲故事的人：百合

冯婉瑜举着陆焉识的牌子在每个月的五号风雨无阻地跑去火车站接他，看到这里，我止不住地在影院痛哭。

我的外婆，在她老年痴呆的最后十年，每天都要去接我弟弟放学。因为在她刚刚患病的时候，曾经有一次忘记去接他，让弟弟在学校等到了天黑。所以，在她仅存的记忆里，总是深刻地记得这件事，尽管那时候的弟弟早已成年，再也不需要外婆去接他回家了。

想起外婆，就好像打开了一个记忆的闸门，关于外婆的所有故事，像一部史书一般一页一页翻开。

外婆小时候，家里是大户人家，似乎是做糖生意的，她总是对我说可以穿行在糖块之间，直接上嘴巴啃糖的愉快时光。

幼年家境富裕，让外婆有一个不错的童年。外婆还有一个妹妹和两个弟弟。原本日子可以这么无忧无虑地过下去，但不久之后，战争打响，全国一片混乱。

外婆的爸爸因为生意出了远门，坐船回来的时候，遇上了坐同一条船的老邻居。多年未见，分外熟络，殊不知这个邻居其实是个鸦片贩子，在当时，贩卖鸦片被抓到是要杀头的。事情偏偏就是这么巧，路上遇到突击检查，邻居将他的鸦片放在了外婆爸爸的竹篓里。外婆的爸爸被当成大烟贩子抓了起来，并且很快就被枪毙了，等家人知道这件事，外婆的爸爸早已经成了枪下冤魂。

家里的顶梁柱没了，外婆家的日子急转直下。加上全国战乱，人们每天都在慌乱中度过。外婆的妈妈无奈改嫁，外婆和一个妹妹、一个弟弟跟着奶奶生活。奶奶重男轻女，特别疼爱弟弟，在外婆饿得连口饭都没得吃的情况下，奶奶还给弟弟买肉包子吃。

不过很快，大家都没得吃了，奶奶没办法，只得把弟弟送给了一户条件还行却没有孩子的人家，而外婆和她的妹妹，则在某天，被一个人贩子以带她们去找妈妈为由，带出去卖了。

外婆因为长得漂亮嗓子又好，被人贩子卖给了一个戏班子。戏班子都是走南闯北的，外婆年纪不大，却聪明伶俐，心想如果跟着戏班子走，就会离家越来越远，以后再想回来，也许再无可能。于是她想了个主意，每天趁着给戏班子烧火做饭的时候，用烟熏自己的嗓子，生生地把一副好嗓子给熏坏了。

戏班班主见外婆嗓子坏了，再无用处，还要多管一个人的饭，便在半路就把她赶走了。外婆如愿脱离了戏班，凭着记忆，她还要去找跟自己一起被卖掉的妹妹。

在寻找妹妹的路上，外婆遇到了共产党的部队，阴差阳错参了军。也是在这支部队里，外婆遇到了外公。外公是个孤儿，从小就没有见过自己的父母，两个孤独的孩子跟着部队南征北战，彼此照顾，是同志，也是亲人。

情谊在那个特殊的年代格外珍贵，队伍里有太多和外公外婆同样经历的人。他们没有家，没有依靠，不知道亲人是死是活，甚至，不知道下一秒自己还会不会在这个世界上。

外公和外婆就这样相爱了。

后来，外婆回老家找过家人，她的奶奶已经去世，妹妹嫁人生子，外婆找到了在别人家当长工的弟弟，把他带回了部队。

外公、外婆年轻时可谓身经百战。当年的三大战役，他们俩参加了其中的两个，后来随着渡江战役一起来到了南京。

新中国成立之后，外公外婆跟随组织到了上海，在上海相继生下了我的妈妈、大姨和小姨。那时候大家的生活都很清苦，但三个女儿的小家庭却其乐融融。外婆本以为生活终于可以这么幸福地继续下去了，却又迎来一场巨大的打击。

某一天下午，外公准备去开会，还没有到时间，他说想睡一会儿，刚躺下就跟外婆说，今天感觉很不好。

谁都没有想到，这一句话，成了外公留给外婆的最后一句话。

那天下午，外公再也没有醒来，因脑溢血去世，留下了外婆和三个女儿，当时我妈妈才几岁，最小的小姨才几个月。

外婆苦心守护的小家庭，再次崩塌了。外婆向单位提出了辞去当时的工作，给她安排一份清闲一点儿、时间充裕一点儿的活儿就行了，因为三个孩子那么小，外婆要一个人带，分身乏术。

就这样，在单位颇受重视的女干将、赫赫有名的铁娘子——我的外婆，放弃了走仕途、成为女中豪杰的人生，去纺织厂的食堂当了个小会计。

那几年，外婆不仅经历了外公去世的巨大悲痛，她自己也在外公去世后不久，查出患有子宫癌。当时的医学还没有现在这么发达，检查出来的时候，医生以为是癌症一期，对外婆说那就开刀看看吧，等到手术中才发现，其实已经是癌症二期了。当时医院的医疗条件，如果早发现是癌症二期，是不会帮你开刀的，基本就是通知你回家想吃啥吃啥，听天由命不要浪费钱了。

外婆在那次手术中切除了子宫，医生预测说，可能只有一两年的寿命。

外婆从来没有跟我们讲过那段日子她心里的痛苦，但我想一定是万念俱灰、心如刀割的。外婆后来跟我说起那一段经历的时候只是不停地重复：我觉得自己一定不能死，我的三个孩子还那么小，最大的才几岁，我要是死了，她们怎么办，肯定会饿死的。我不能让我的孩子成为孤儿，想到她们脏着小脸儿被人遗弃在大街上，被欺负的时候没有人保护，没有家，在孤儿院望着窗外发呆，饿得嗷嗷叫……想到这些画面，我就对自己说，我一定不能死。

她真的没有死，几年之后，已经远远超过医生预测的大限，外婆再去检查，癌细胞竟然都消失了。

有时候，奇迹就是这么出现的。在我后来成为母亲之后，十分愿意相信，一个母亲为了自己的孩子，什么事都做得出来。

外婆一生都没有再嫁，独自拉扯大了三个孩子。

多年后，国家开始飞速发展，上海有了人民英雄纪念塔，外公他们原先的墓地都被拆除，全部“搬”到人民英雄纪念塔，外婆也带着孩子们举家迁到南京。我记事之后，还记得外婆每年的清明节都会去上海，到人民英雄纪念塔看望外公——她的丈夫，她的爱人，尽管并不是真的长眠于此，但是在她心里，那里是唯一还能跟他说上话的地方。

外婆的三个女儿中，我妈妈最大，也是最让她省心的。我的大姨，一直到现在都是单身，年轻时太过漂亮，谁也瞧不上。慢慢地，时间嗖的一下飞走了，惊觉已不是当年的自己，亦不愿将就，就这么耽搁了。外婆为这件事没少伤神，总觉得自己有责任，心里觉得对不起大姨，怕她晚年孤苦，干着急却也使不上劲儿，这件事一直是外婆的心病。

外婆不到六十岁的时候，头发就都白了，这辈子，她没有享过一天福。

我们发现外婆不对劲儿的时候，还以为是人到老年必然的衰老过程，没有特别在意，后来，她的病情越来越重了。

当时，小姨上班，把儿子托付给了外婆，每天放学去幼儿园接他。有一天很晚了，我跟小姨去外婆家，发现外婆竟然忘了接弟弟这件事，吓得赶忙跑去学校找，幸好门卫把弟弟留下了。

外婆拿着打包好的东西想送去我家，顺手带着垃圾下楼扔，结果，她把要送给我们的东西扔了，拎着一包垃圾回来。

还有一次，外婆直接把电饭锅放在灶台上，打开了火，准备煮饭，若不是被别人及时发现，可能就酿成大祸了。

……

大家带着外婆去看医生，结果是，外婆患上了老年痴呆。

生病的外婆，就跟《归来》里的冯婉瑜一样，并且，比她还要严重。妈妈退休早，我那时也已经开始读高中，不需要太多照顾，妈妈便把外婆接到了我家。我亲眼看着亲手带大我的外婆，被病魔折磨得生不如死。

外婆一生好强，还带着小时候大户人家小姐的脾性，就算再苦也会活得精致。但生病之后的外婆，渐渐生活不能自理，有时突然呕吐，吐得满床都是；不能正常排泄，要么便秘，要么大小便失禁。有一段时间，外婆的大便都要别人帮忙，用药加手抠才能出来，有时妈妈不在家，这件事便由我爸代劳。

在我心里，爸妈在对待外婆这件事上，用行动为我树立了很好的榜样。但对于外婆来说，让女婿这样服侍自己，她内心的抱歉和羞愧，甚至比病痛更加让她痛苦。她这一生都是不想给别人添麻烦的人，而在自己的晚年，病痛让她几乎丧失了所有的一切，包括她内心深处最在乎的尊严。我看到过很多次，外婆在弄脏了床铺之后紧紧拽着被子不肯让爸爸帮她清理，外婆眼里的无助与崩溃，深深地扎在我的心上。

一辈子坚强精致的外婆，一定特别羡慕外公，他未曾遭过她这样的罪，走得那么决绝，那么有尊严。

但最后的那几年，外婆也再没有那样的痛苦，因为，她已经彻底不认得我们任何人了。她总是一遍一遍跟我讲她小时候的事，说他们当年是如何参加渡江战役解放南京，讲着讲着，会突然用陌生的眼神看着我，她根本不记得我是她一手带大的外孙女；她总是说要去接我弟弟放学，喃喃自语他该放学了，得早点出去接他，她始终愧疚自己刚刚生病时将他遗忘在幼儿园的事。可是，她根本不记得弟弟早已成人，个子都比我还高了，再也不需要任何人接他放学；她一年四季每天夜里都要爬起来给我盖被子，要我注意不要着凉，尽管我站在她面前，她也根本不知道我是谁……

她只是在自己的世界里关心着我们，固执地守着她曾经的记忆，她的爱已经被尘封在脑海里，就好像那个记得五号要去接爱人陆焉识回家的女人，每个月五号都会出现在火车站，充满希望地等待着。

对于外婆也一样，每一天都是新的，每一天的爱，也都是新的。

说来奇怪，外婆病了之后，竟然长出了满头的黑发。大概是那样的她终于可以好好地休息了，再也不用去想明天要怎样生活，再也不用操心年过半百依然单身的大姨的婚事，她再也没有烦恼了……

外婆在这个世界上的最后两年是在医院里度过的。

妈妈每天在家和医院之间两点一线来回，做饭，送饭，拿换洗衣服回来洗，再把干净的拿回去，日复一日。妈妈说，外婆病房的窗外有两棵树，她每天看着它们。春天来了，冒出了绿芽，夏天了，那些叶子覆盖了整个窗子；秋天了，叶子都黄了，落在了地上；冬天了，只剩光秃秃的树丫。这两棵树就像妈妈的沙漏，她看着它们，陪着外婆最后的时光。

两棵树刚走过了两个春秋，外婆就永远离开了我们。

我在外婆去世后的日子里，还会常常觉得她半夜起来帮我盖被子，记得她急急忙忙要去接弟弟的表情。她精神抖擞地讲那些过去的故事，从那个在深宅大院里啃着糖块的小姑娘讲起，一眨眼大半个世纪过去了。那段传奇般的历史，湮没在岁月的尘埃里，只有那些故事，留给我们讲给后人听。

我们等待的人，在意的人，终有一天，再也无法归来。

评论：我看哭了。想起老年痴呆的外公，谁也不记得，谁也不认得。每次放假去看他，他都会盯着我问：“这是谁家姑娘呀，长得跟我家珍珍差不多，珍珍怎么好久没回来了？”我就会告诉他，“我就是珍珍呀！”可是他总不信，说：“你别骗我老头子，珍珍在好远的地方上大学哩，要过年才会回来呢！”每次我都转过身偷偷抹眼泪。

匿名

但见时光已老去

城市：厦门

讲故事的人：小越

我跟奶奶最后一次面对面谈话，是2011年的暑假。那年奶奶七十六岁，我还是个大学生。她喜欢跟我聊天，喜欢听我给她说一些学校里的事，年轻人的事。不管我说什么，她都听得很仔细，后来说到谈恋爱的事，奶奶一本正经地对我说，谈恋爱没问题，年轻人嘛，但是男孩子要有责任心，要懂得对女孩子负责，万事要小心些，不要怀孕，你们还是学生，那样对女孩子的身体伤害也大……

我当时那个汗哪！

奶奶就是这样一个既开明又好玩的老太太。只是我从未想过，那是我们最后一次坐在对方身边，像朋友一样轻松快乐地闲聊。

我是奶奶唯一的孙子，也是她从小一手带大的。我还记得我学会的第一句话就是祖宗，因为奶奶当年的口头禅是“×你祖宗”，所以，我听着听着也就学会了！当然，现在看来可能对小孩子不好，但是当时大家都笑翻了。

我七八岁的时候吧，爸妈离婚了，我被放在奶奶家里。本来我应该是判给妈妈的，奶奶领着爷爷去法院哭诉，法院心一软，就把我判给我爸了！

那段时间我妈妈几乎到了崩溃的边缘，爸爸不让她见我，妈妈在街上听见小孩子叫妈妈都会以为是我，经常会一个人站在大街上疯了一样地哭。

但那是一笔烂账，年代久远到我已经不记得究竟谁是谁非，总之我也是像这里的某个故事里面说的那样，是听着父母坏话长大的小孩。后来，妈妈实在受不了打击，一个人离开了家乡。

不过我的童年过得并不凄惨，也没有觉得缺少爱，相反，因为奶奶的疼爱，我的童年一直很快乐。我从来没有觉得自己跟其他孩子比起来缺少了什么，我想要的，我喜欢的，反正只要在合理的范围内，奶奶都会满足我。爸爸发脾气揍我时，奶奶也会第一个跳出来跟他吵架。也许天下所有的奶奶都是这样吧，可我一直觉得，在妈妈走了之后，奶奶一直害怕我会有心理阴影，怕我过得不好，所以努力把她所能给的一切都给了我！

甚至，我比其他孩子得到的更多。

我印象最深的是，有一次，那时我还在上小学，很想要一件贝克汉姆的球衣。对于一个小孩子来说，一件偶像的球衣可能是比吃饭、睡觉都重要百倍的事情吧。于是奶奶领着我去找那件球衣。我清楚地记得那是一个很热很热的夏天的中午，我因为很快就能得到自己朝思暮想的球衣而兴奋不已，走得很快，而奶奶个子小，走得又慢，跟在我后面追得气喘吁吁。

我永远记得那天奶奶跟在我后面的样子，矮小的她像是在努力完成一件特别特别重要的任务。可能一件球衣带给一个小孩子的记忆是片段式的，而奶奶大汗淋漓的脸我却从未忘记过。我一直对自己说，人这辈子会失去什么，也会得到什么，所以，即便是与妈妈不同的爱，但奶奶已然做到最好了。

奶奶退休之前是个小学老师，特别乐于助人，在我们那儿人缘特好，所以我从小也就知道，帮助别人是一件很好的事。在我后来的人生中，也会不由自主地去帮助别人，其实，这都是奶奶的言传身教。

那个时候，大家的生活条件都不是特别好，但奶奶从未亏待过我。而我大姑家更穷，她家的小哥哥每天中饭和晚饭也都到我奶奶这儿来吃，奶奶从来没有过一句怨言，家里有什么好吃的，都是让我们先吃。

邻居们都说，嫁出去的女儿泼出去的水，养着孙子又养着外孙，你一个老太太养得了那么多吗？但奶奶从来不介意，在她心里，只要她活着，哪怕自己饿死，也不能委屈了孩子。

哥哥到现在还经常会说起在奶奶家蹭饭的事儿，那么多年，奶奶等于养活着我们两个孩子。多年之后奶奶去世的时候哥哥在外地上班，谁也没有告诉他，他回来之后知道了，在奶奶的坟前哭得死去活来。

我在奶奶的呵护下渐渐长大，奶奶年纪也越来越大，这么多年我们也有过争吵、有过不愉快。她嫌我回家晚，喝酒多，不好好学习，我嫌她太啰唆，管得多，不理解年轻人的世界……但不管怎么吵，我们从没有隔夜仇，第二天一定会和好如初，就跟小孩子一样。

我跟奶奶，就像两棵并排站立的树，只不过我越来越苍翠欲滴，而奶奶，却一天比一天苍老。

奶奶离开的那年夏天，就好像有预感一样，一定要去看一位住在外地的表姐。一个七八十岁的老太太哪里经得起长途颠簸，爷爷不放心，坚决不同意，怎么都不肯让她去。奶奶在家生气得很，她跟那个表姐，大概是小时候的玩伴吧，很多年不曾见面，也不知怎的，那段日子奶奶特别想她。

看到奶奶的样子，我心里也挺难过的，力劝爷爷，人年纪大了，想干什么就让她去吧！为了这件事，我跟爷爷还闹得不开心，爷爷特别生气，觉得奶奶孩子气，一点儿也不爱惜自己，但最终还是让大姑陪着奶奶一起去了。

见了表姐回来，奶奶特别高兴，好像了了心愿一样。

但我们谁也没有想到，就在那一年的冬天，一个跟平常一样的早上，奶奶突发脑梗，再也没有站起来。

我当时在外地读书，一听到消息就从学校跑去医院陪她。她已经不能说话了，我还是像往常一样跟她聊天，握着她的手，告诉她如果听见了就捏一下，她真的听话地捏了一下。

起先的几天我真的无法接受，从小到大那个小小的、充满能量的、不管发生什么事都第一个冲在前面保护我的奶奶，竟然躺在病床上，虚弱到连呼吸都需要帮助。

我也是在那几天好像突然意识到时间带给奶奶的变化，从五十多岁到七十六岁，我一直以为她还是当年那个精神抖擞的奶奶，但却从来没想到，生命对于我们来说，就好像武侠片里演的那样，奶奶把内功输给了我，然后自己变成了一个空壳儿。

奶奶就这么走了。没有见到我“负责任”地带着女朋友回家，没有等到我结婚，没有抱上她的曾孙，我甚至从来没有为奶奶做过什么。如果非要安慰自己一下，那就是那个夏天我说服爷爷让她去看了表姐，仅此而已。

有些人，在你看不见的时候，原来已经准备好要离开了。

奶奶走了之后，我每次回家都会去她坟前陪她喝酒、抽烟、说话。我想让她知道她走后发生的每一件事，我想让她永远在我的生活里不曾离去，我希望她知道，那个她拼了老命带大的孩子，在她的庇护下，过得很好。

这一定是她最乐意听到的消息。

评论：外公去世之前，也是一定要去看望一个老战友，但是大家担心他的身体就没让他去。那会儿他已经不能下床了，而且稍微活动多一点儿就喘不过气来。现在想想外公心里一定是留着遗憾的吧！早知道那是他最后的心愿，无论怎样也该让他们见上一面的。可世上就是没有“早知道”啊！

楠×××未（匿名）

第 3 章

小 传 奇

那些或许波澜壮阔

或许痛苦隐忍的人生

也许我们从未经历过

但总有人讲给我们听

锅炉匠的儿子与小提琴老师

城市：上海

讲故事的人：小睿

我常常会去公园找一个老人聊天，他姓文，我叫他文爷爷。

文爷爷今年已经九十六岁，独居，身体硬朗，思维清晰，每天都会花六个小时的时间做数独。他说做数独可以让人集中思维，可以防止老年痴呆，人老了就没有那么多要动脑筋的事了，但脑子不用会生锈，还是要动一动的。

文爷爷这一生的传奇，堪比任何一部电视剧，但其中有一个故事，最让我动容，那是关于小提琴的。

文爷爷一生收过很多很多学生，一直到今天，九十多岁高龄了，还有两个学生每个周末会来跟他练琴，他免费教人拉小提琴已经有七十年了。

文爷爷年轻的时候，在上海收了一个学生，是一个锅炉工的儿子，姓张，很喜欢小提琴。小张跟着文爷爷学小提琴，一个教得认真，一个学得认真，两个人关系非常好，不是父子胜似父子。

小张跟文爷爷学了多年的小提琴，后来文爷爷因为工作关系离开上海到了南京，师生俩就此分别，但偶尔会有联系。

文爷爷来南京之后在一所大学里教书，在此期间，他的第一任妻子去世了。几年之后，他娶了第二任妻子，但第二任妻子脾气古怪，不喜欢爷爷跟小张来往，一直阻挠他们联系，不仅不许他们见面，连通信、通电话也不允许，从此，师生俩的联系越来越少了。

很多年之后，有一回小张从上海到南京来，给文爷爷的孩子打了电话，说他路过南京，想见文爷爷一面，就在火车站见，看一眼就行。但是因为种种原因，这一面最终也没有见上。两人在同一座城市，相隔十来分钟车程，却仍未能见上一面。

时间就这么孤单地前行，谁也不理会，渐渐地，小张年纪大了，成了老张，在一次中风之后半瘫痪了。老张的老伴身体也不好，同样瘫痪在床，老夫妻俩都住进了养老院，一个住楼上，一个住楼下。一开始老张还能哆哆嗦嗦地爬上楼去看看老伴，后来身体越来越不行，对于普通人来说，只是一层楼的距离，上几步台阶就行，可是对于这对老夫妻，却连见一面都难。

住进养老院之后不久，老张的老伴就去世了，剩下老张一个人。养老院常常会来一些义工，有一个好心的男孩一直照顾他，陪他聊天，老张跟男孩聊到了自己跟文爷爷的事，他太想念文爷爷了，做梦都想见他一面，跟他说说话。他常常念叨着，怕是这辈子也见不上了。

义工男孩很想帮老张联系上文爷爷，但因为年代久远，文爷爷孩子们的联系方式也都变动过了，找起来很难。

义工男孩发动了身边能够找到的所有关系帮老张找文爷爷，他们知道文爷爷的姓名，知道文爷爷以前的工作单位，而且文爷爷以前在大学里当老师，找到大学就能找到文爷爷的电话。顺着这条线找下去，一路辗转，还真的找到了文爷爷女儿的联系方式，最后终于通过文爷爷的女儿找到了文爷爷。而这时，文爷爷的第二任妻子也已经去世，没有人再干扰他们见面，但是，这次阻止他们的，是岁月。

文爷爷年事已高，已经不能坐车到上海来看望他的学生了。

老张知道找到了自己的老师很高兴，但是，他也知道文爷爷年纪大了，将近九十岁的人，经不起旅途折腾，对他来说，知道文爷爷还活着，身体还硬朗，就够了。

但义工男孩觉得就这样放弃太可惜了，两个半辈子都没有见面的老人，生命对于他们来说，随时可能戛然而止，不管怎样，都要让他们见上一面！

最终，义工男孩想到了一个办法：写信！让文爷爷给老张写信，寄到上海，然后由他来读给老张听；老张想对文爷爷说什么，就口述，义工男孩帮他写，写好之后寄给文爷爷。就这样，两位老人在义工男孩的帮助下通过信件来交流，写信告诉对方这么多年来自己身上发生的所有事情，关于小提琴的坚持，关于音乐的梦想，两个人大半辈子的时光，在信件里重新演绎，交换信件这件事就这么持续了很久。

但是，老张的身体状况越来越差了，虽然收到文爷爷的信成了他生命中最开心的事，可信件毕竟无法代替见面，那个时候，互联网也没有现在这么发达，怎么办呢？义工男孩又想了一个办法，他用DV录了一段老张的视频，自己亲自赶到南京，把老张的视频放给文爷爷看。又在南京为文爷爷录了一段视频，然后把文爷爷的视频带到上海，在老张的病床前放给他看。

就这样，两个大半辈子没有见过面的老人，以这样独特的方式终于见上了一面。

不久之后，老张去世了，但是他在走之前想见恩师一面的心愿已经达成，走得毫无遗憾。

而文爷爷在老张死后，虽然仍在教学生，却很少自己拉琴了，因为一拉琴就会想起往事，想起那些曾经的朋友，他们已经一个个离自己而去，在文爷爷的琴声里，只有孤单。

评论：看了这个故事，我决定去做义工了。

刘××（匿名）

父亲的秘密

城市：潍坊

讲故事的人：小媛

我在一家报社工作，有一年单位组织订户订报，我遇到了一个老奶奶，她订了报纸之后，给我讲了这个故事。

老奶奶有七十多岁了，她说自己从记事起，就没有见过自己的父亲，她和哥哥两个人一直跟着母亲生活。小时候看见别人都有父亲，兄妹俩就问母亲：“为什么别人都有父亲而我们没有，我们的父亲呢？”母亲就会不高兴，非常严肃地警告他们：“不许问！”

后来，因为家里生活困难，母亲把哥哥送到了条件稍好的姥姥家抚养，她一直跟着母亲过，吃不饱也穿不暖，日子过得捉襟见肘。但在那个战争年代，人们的生活也实在没有什么好还是不好，只有生或者死。活着，已是最大的幸运。

虽然生活过得那么辛苦，但母亲还是坚持送她去上学，一直断断续续上到高一，因为条件实在不允许，就退学了。在那个年代，一个女孩子可以上到高中，是一件很了不起的事。

老奶奶后来去了一所民办学校当代课老师，一边教书，一边进修，再后来，她离开老家去了青岛。奶奶的哥哥活到五十多岁的时候，生了一场大病去世了，剩下哥哥的妻子，也就是奶奶的嫂子，跟奶奶的母亲一起在老家生活。

这么多年，奶奶问母亲最多的就是她的父亲到底是谁，现在在哪儿，是干什么的。但是她始终没有从母亲那里得到任何关于父亲的信息，母亲对这件事守口如瓶，一个字也不肯说。

奶奶也曾猜测过各种可能，比如，父亲是个逃犯，母亲不想告诉他们；或者父亲年轻的时候做了对不起母亲的事，跟别的女人跑了，丢下了他们娘儿仨；又或者，母亲是被迫嫁给父亲的，是被人拐卖来的，等等。

但这些都只是猜测，没人知道真相。

大半辈子过去了，这个心结一直压在奶奶心里，日日纠缠着她。随着年纪的增大，她对这个秘密也越来越耿耿于怀。她太想知道答案了，哪个孩子不想知道自己的亲生父亲是谁呢？那个本该看着她成长，像大山一样可以依靠的人，她竟然素未谋面！不仅如此，她还连他的任何信息都不知道！

可是，没过多久，奶奶的最后一份期待也落了空，因为，可能是唯一知道这个秘密的人——她的母亲，因病去世了。

奶奶想，也许，这个心结将会陪伴自己一辈子，一直带进坟墓里面去吧。奶奶的失望慢慢变成了绝望，有时候，上天想要隐藏一个秘密，又岂会管你心里有多么渴望呢？

又过了几年，奶奶仍然在青岛，有一天嫂子从家里打电话过来，对奶奶说："之前政府派人送过来一些东西，我不识字，也不知道是啥，最近收拾东西时又翻到了。你要不要回来看看，也不知道有没有用。"

奶奶听了嫂子的话，抽空回去了一趟，在那一堆"不知道是什么"的东西里发现了一张证书和一封慰问信。证书是发给母亲的，称母亲为"烈士家属"，还有一张上面写着"光荣之家"的红纸。

奶奶读着那封慰问信时，手都在颤抖，忍不住老泪纵横。

原来，这就是奶奶寻找了大半辈子的，关于父亲的秘密。

信上说，奶奶的父亲当年是个地下党，一直干着潜伏工作，后来被委派了一项极其隐秘的任务，离开了家，并且组织上有规定，不可以向任何人泄露行踪。母亲嫁过来时就知道丈夫工作的特殊性，她虽没有文化，但比谁都明事理。

奶奶终于知道了为什么母亲从来不允许她和哥哥问关于父亲的一切。母亲苦守着这个秘密，生怕儿女知道会有危险，一直到战争结束也没有丈夫的任何消息，母亲目不识丁，不知道丈夫的任务是不是完成了，人还在不在去了哪儿，为什么没有回家。她也不敢跟人打听，只能独自带着两个孩子艰难度日。

又或者，在母亲心里，早就知道自己的丈夫已经死了吧！那个年代，为了战争一去不复返的人太多了，谁知道战场上、渣滓洞里，会不会有自己丈夫的尸体？

奶奶看完信，擦干眼泪，将信带在身上回了青岛。之后的日子里，奶奶按照信件里的线索，辗转找到了可能认识父亲的组织和故人。功夫不负有心人，奶奶竟真的找到了！知情人说，奶奶的父亲是在一次执行任务的过程中牺牲的，那是一个深夜，一屋子人都在睡觉，敌人突然冲进来，一顿扫射，一屋子的人全部没了，连挣扎的机会都没有。

而这件事的真相，也是在父亲牺牲后的很多年才慢慢被挖出来的，经过一系列的身份验证和知情人讲述，经历了诸多挫折和困难，最终父亲才得以平反。真相浮出水面，政府给奶奶家发了证书和信件，但这些东西送去的时候，奶奶的母亲已经去世了。

也就是说，母亲到死都不知道自己的丈夫到底去了哪里，究竟是活着还是死了。也许对于她来说，这些都不重要，她这一生从未想过改嫁，从未想过会得到一张“烈士家属”的证书，在她心里，自己的丈夫已然是个英雄，不管他是不是还活着，还会不会再出现。

奶奶的心结终于解开了。虽然这辈子她从未有过父亲的任何记忆，连一张照片都没有，更从未享受过一天他的疼爱，但是，从此之后，她了无遗憾。她说，她要把父亲的故事讲给自己的儿孙听，让他们世世代代都记得这个困扰了她大半辈子的秘密。

评论：这个故事让我想到了电视剧《潜伏》，翠平一直死守着余则成的秘密藏在村子里。那个年代的人有着他们的信仰，老奶奶的母亲很伟大。庆幸的是老奶奶最后知道了真相，她的爸爸不是杀人犯也不是坏蛋，而是个大英雄。

匿名

男朋友的性别

城市：上海

讲故事的人：小晨

你会怀疑你男朋友的性别吗？你曾想过你的男朋友，可能不是一个男人吗？我从来没有这样想过，但在遇见小新之后，一切都不一样了。

我跟小新是大学同学，大一刚开学没几天，我们就遇到了麻烦。英语老师是个菲律宾老太太，说话有浓重的口音，布置的作业我们根本听不懂，所以同学们一下英语课就会相互验证老师说的到底是什么。因为作业问题，我跟小新有了交流，还互留了电话号码。

大学里的第一个国庆假期过后，小新开始跟我聊天，之后的某个周末，他把从小到大的事情都讲了一遍，我俩一圈一圈地在校园里走，把原本还没熟悉的偌大的校园走了个遍。

我就这样顺理成章地成了小新的女朋友。

我们俩的恋爱跟其他情侣没什么区别，关系很稳定，很少闹别扭，而且越来越觉得对方就是自己要找的那个人。2010年的清明假期，我带小新回浙江见了我的爸妈。不久之后上海开世博会，小新是志愿者，他的妈妈当时在上海出差，小新也带我见了他的妈妈。

见过家长之后，我俩更加坚定了未来会结婚的念头。有天晚上，下了自习，小新像往常一样送我回宿舍，在宿舍楼下，他毫无征兆地来了一句："如果我是个女的怎么办？"

我当时没有反应过来，加上我们相处了这么久，他也常常会说一些男女性别的问题，可能因为之前他铺垫得太多，我已经在潜意识里有些接受了吧。或者说，我根本不明白事情的真相远不是我想象的样子，所以根本没有做判断。

我一直以为，他做了这么多铺垫，可能是在向我暗示一个信息：他是个双性恋，但我不介意，双性恋也没什么不好，反正只要我们在一起就行。

后来我才渐渐知道，小新的情况并不是双性恋这么简单。他告诉我，他有两性特征，我的理解就是他可以自由选择男女性别。所以我对小新说，我们这么相爱，你一定要为我做个男人！我在心里也安慰自己，最坏的情况不就是他是个女人吗，那我也要“她”，没什么大不了的！

你们知道熊顿的那个漫画吗？《滚蛋吧！肿瘤君》，她说到对自己病情的盲目乐观是因为不清楚到底会怎么样，这一点我深有同感，小新的情况在我的认知范围之外，所以我一直都觉得没什么，只要相爱就行，我们在一起，比什么都重要！

之后小新与我分享了他的全部秘密，我这才知道，他的情况在医学上叫“女性假两性畸形”。他虽然是男孩，有男孩该有的一切器官，但是也会来月经，还有女性的胸部！幸好小新个子高，有一米八七，而且胖，所以对他隆起的胸部大家并未在意，都以为他只是胖。

小新在内心深处也时常会对女性角色有所渴望，会渴望穿裙子、化妆、穿高跟鞋，说简单点就是，除了生理上的不同，小新的心里还同时住着两个小人，一个是小女孩，一个是小男孩，他们经常打架，有时候小女孩赢，有时候小男孩赢，这让小新对于自己的性别无比纠结。他其实并不确定自己到底是倾向于做男生还是做女生。

而我知道这些之后，最惊讶就是，这么多年来，他住在男生宿舍是如何隐藏这些秘密的？！他该有多痛苦？！因为自己似乎不属于男女任何一个阵营，这是一件多么令人崩溃的事！

小新告诉我这个秘密，是觉得我们的关系已经到了这个阶段，必须跟我说实情了。他想继续跟我交往下去，便不打算再骗我。如果我因此被吓跑，那他也认了；如果我可以接受，那很多事情，都要共同面对，他也希望我考虑清楚。

我没被吓跑，从此以后，我开始跟小新并肩作战，帮他买卫生巾，告诉他生理期怎么注意卫生，生理期掩护他上女厕所。我还帮他买过内衣，但是他穿过一次就再也不肯穿了，大概觉得那东西太奇怪了吧！

我可以接受自己的男朋友来月经，可以接受他分不清自己的性别，可以接受他的一切，只要我们能够在一起。然而，后来发生的事证明，所有的事情在想象中是一个样子，真正变成现实后，又会是另一个样子。

小新要做手术了！是决定他做男人还是做女人的手术！

那段时间我们一直都在纠结，因为根据小新的情况，本身是XX染色体，做回女人是不违背自然规律的，一般医生也会建议他做回女人，这样不仅手术比较容易成功，而且，也可以延长他的寿命。

只是，小新已经做了二十多年的男人了，猛然要变成女人，他自己也不知道能不能适应。再加上，如果变成女人，那我呢？我虽然愿意跟他在一起，也很爱他，但是我并不是个同性恋！自己的男朋友将会和我变成姐妹，我们的未来会怎样呢？

我不知道，小新也不知道吧！

那个暑假小新做了第一次手术，他的家人决定，先变回女人试试吧，因为这样对他的身体最好。

小新手术的那几天，我的压力大得不得了，每天要通过暴走来释放情绪。其实当时我并不知道小新的手术是要变成女人，我还以为他是做了变回男人的手术。

第二次手术之后，我终于知道了真相，知道小新的两次手术都是要变回女人！小新告诉我的时候，我整个人都在颤抖，我不敢相信！

我那么爱他，真的不想他变成女人。眼睁睁看着自己的男朋友即将变成一个女人，这种感觉，我不知道用什么词来形容。以前觉得男女又如何呢？好像没什么，只要在一起就行。但我慢慢知道了，如果小新真的变成了女人，他可能会搬去一个没有人认识他的城市，开始他的新生活，也许他会“嫁人”，会有自己的家庭。

那么我呢？

小新跟我说这件事的那天是在暑假里，我们在QQ上说了很久，我整个人的情绪已经到了崩溃的边缘。一直到半夜两点多，小新因为手术的原因开始发烧，他爸爸发现他已经烧得不清醒了，但是还没有睡觉，知道小新在跟我解释，于是让小新先去睡觉，他想跟我谈谈。

小新的爸爸跟我说了很多小新变成女人的好处，身体会变好，会变成正常人，过正常人的生活，寿命也会延长，现在这个样子，小新其实是很痛苦的……

小新爸爸还说，请我原谅他，以后小新只能给我当姐姐了！

听到这些，我的情绪爆发了，我哭着对他说，你把小新还给我！我给你们当女儿！

我怪他拆散我跟小新，把小新变成女人，不顾小新的感受，用家长的权利擅自决定子女的幸福，太残忍、太无情了！

我说了很多歇斯底里的气话，后来我冷静下来才开始后悔，我不该这么对小新爸爸。作为一个父亲，他从小新出生起就承受着这个秘密的压力，这么多年，其实他比任何人都要痛苦，他承担的比我要多得多。谁不希望自己的孩子是一个正常的孩子，每天都生活得健康快乐呢？

我不该那样责怪他。

那晚小新的爸爸还说了很多他们的往事，说起小新做男生的艰辛，从小到大，小新上厕所只敢去单间，怕露馅儿；小时候他很瘦弱，其他男孩都不愿意跟他玩，为了能够和其他男生打成一片，他拼命学习踢足球，自己苦练技术，练好了之后终于有人跟他玩了；这么多年，小新夏天从来不打赤膊，总是被人嘲笑很娘……小新的妈妈也很后悔，觉得自己不该把小新当成男孩来养，如果一直把他当女孩养，可能情况会好些吧！

小新爸爸还说起小新遇到我以后的改变。他说，自从我出现之后，小新就再也不说要变回女人了，小新想给我幸福的生活，他懂得要担起一个男人的责任了！

那时候的我并不知道，我跟小新爸爸的这番交谈，竟然让小新的人生出现了转机！小新的爸爸被我的执着打动，他不仅没有生气，而且觉得我是一个可以陪小新度过一生的好姑娘，他跟小新的妈妈终于把我列入了小新的人生。小新爸爸最后问："小新有男性第二性征，只是发育不全，需要刺激，即使这样也有可能不能好好发育，你能接受吗？"

我想都没有想就回答："当然能，只要能跟小新在一起，只要他仍然是我的男朋友，我什么都能接受！"

不久之后，小新做了第三次手术，这次我确确实实地知道了，小新是去做完全的变性手术，他要切除子宫和卵巢，接受男性完整的生殖器官移植。此后，他将变成一个真正的男人，而我呢，需要一辈子监督小新按时吃药，锻炼身体，陪他过正常的夫妻生活。

我知道，小新变成男人的代价很大，以后的日子，他要坚持锻炼和定期检查，监测身体对移植器官的接受程度；还需要终生服用激素，但也有可能发生激素紊乱，前功尽弃。

最重要的是，寿命也会缩短十几到二十年。

但是小新对新生活充满了希望，他说，他这辈子都要做我的男人，如果不能跟深爱的人在一起，多活十几年又有什么意思呢？

现在，我跟小新已经订婚了，今年夏天，他去了美国读研，我在上海工作。等他回来，明年这个时候，也许我已经披上婚纱，成为了他的新娘。回想我们这几年，虽然日子过得惊心动魄，但是仍然有无数的小细节让我坚定与他走下去的决心。

他会在很冷的冬天突然给我买一双靴子寄过来，怕我脚冷，又不知道保护自己；他会每天帮我收拾好屋子，买好菜等我回来；他会跟我说要留心身边发生的事，做个有心人，才会发现美；他说很感激我，让他拥有了新的人生；他经历了那么多，却对每一件事都很认真，做什么都要做到最好。

其实，我也很感激小新，他让我知道了怎样去爱一个人，让我懂得了珍惜。经历了这些之后，我希望未来的每一天都是平淡的，我们不需要轰轰烈烈，也不需要跌宕起伏，平静的生活是我们最向往的未来。

而我最大的歉疚，是没有跟自己的父母说出小新的实情，他们不知道女儿的未婚夫曾经差点变成女人，也不知道女儿用怎样的心情面对现在的幸福，但我认为，这是对他们最好的保护。

评论：这个故事震撼了我。看到前面男生为了和女生在一起，选择缩短寿命成为“男人”，觉得他好伟大，看完之后仔细想了想，这个女生更伟大！愿他们幸福！

七×××落（匿名）

羊肉串少年的逆袭之路

城市：上海

讲故事的人：阿峰

年前，我到外地出差遇见老苏，彼时他的身价已达八位数，却为人谦和亲切，我们相谈甚为投机，他便对我讲起了自己的故事。

他说，你知道吗，我很羡慕你们这些文化人，其实，我只有小学三年级的文化水平。

我很惊讶，如果不是他亲口说出来，谁也不会相信，这个在当地叱咤风云的头号人物，非但不是什么高材生，而且他的学历说起来只能算是“识字”吧。

老苏小时候家里很穷，父母都去世得早，他跟姐姐相依为命。上学到三年级，家里实在供不起他读书了，他便跟着姐姐种地、捡破烂儿，什么活都干，勉强维持生计。后来，因为当地多煤矿，他便去挖煤。那种黑煤窑，把工人往死里剥削，每天只能睡几个小时，全天的体力活儿，伙食却只有每顿一碗面条。

这种日子过了几年，他实在撑不下去了，他这样穷苦人家出生的孩子，不是吃不了苦的人，但在煤窑里面的那种苦，根本不是常人能忍受得了的。现在想想，当年他若不是逃了出来，现在可能已经死在里面了！

从煤窑逃出来之后，老苏跑到城里，摆起了烧烤摊儿，每天晚上在路边支个架子，烤烤羊肉串儿，卖点儿啤酒什么的。别看他没上过什么学，但账算得又快又好，一个人又是厨师又是收银员，竟然从来都没算错过，加上他为人热情，生意还挺不错的。

那时候不像现在，摆摊儿没人管，老苏的摊子就摆在消防大队旁边的马路上，经常有穿着军装的人到他那儿吃东西。

当时的老苏还是小苏，不到二十岁，虽然没什么文化，但是人聪明机灵，每次有穿制服的人来他的摊子，他都会多给几串肉，或者多送一瓶啤酒什么的，次数多了，便熟稔起来。有一次，一个领导模样的人看他人不错，烤串儿分量又足味道又好，便问他，小伙子，愿意跟我去当兵吗？

老苏说，不行啊，我文化水平不够，只有小学三年级。

领导说，文化是可以学的，你就说你愿不愿意吧。好好想想，要是愿意回头跟我说一声。

老苏想了想，回去跟唯一的姐姐商量了一下，姐姐说，你想去吗？

老苏是真心想去的，以他当时的情况，顶多也是卖一辈子烤串儿而已，未来的路在哪里，完全看不到。也许，这是唯一有可能改变自己命运的机会。

姐姐说，既然你想去，那就去吧。

就这么一句话，老苏开始了人生的逆袭。

老苏在那位领导的帮助下，来到一座南方城市，顺利成为了一名新兵。小伙子吃苦耐劳，人也勤快，又特别能干，不仅能够把自己的本职工作完成得非常漂亮，还能够想到很多别人没有想到的细节，所以，但凡交给他的事情，你就放一百个心，指定没有任何意外。

他的出色表现也得到了所有人的认可，领导特别喜欢他。但是，三年级的文化永远是他人生路上最大的拦路虎，身边一些优秀的人才都在学习和考试，对于老苏来说，那些都太难了，就算去上培训班，也没有从小学补起的培训班可以上啊。所以，就算他工作再出色，领导再喜欢，也不可能从一名普通士兵成为军官。

对于老苏的情况，领导们也觉得太遗憾了，但没有办法，规定就是规定。几年后，老苏已经成为队里管家一样的人物，有一天，他的队长给他指了一条明路，你小子虽然聪明，但是这样下去肯定不行，到时候年龄到了，你还是得退。要不然，你学点儿技能，队里缺财务人才，你学学财务，珠算会吧？

那时候很多人用的还是算盘，老苏依稀记得自己学过，但是这么多年，早就忘了，他也不敢说，偷偷让老家的姐姐把自己三年级的课本和算盘全部寄过来。拿到书本之后，他白天照常工作，晚上熄灯之后一个人偷偷在宿舍旁边的阅读室看书学珠算，每天如此。

有一天晚上，正在看书的老苏被队长逮了个现行，一听到有人进来吓得他赶紧把书藏了起来，但队长已经看到了他的小动作，以为他在看什么黄色的或者不可告人的东西，让他麻利拿出来，他没办法，只好把书递给队长。

队长一看也傻眼了，顶大一个人，深更半夜在看小学三年级的课本！

老苏只好如实相告，他想多补点儿文化知识，好去学队长说的财务知识，要不然，以他现在的基础，可能学也学不会。

队长虽然面上没说什么，把书还给了他，但心里着实被这个小伙子感动了。果然，没过几天，队长就特别为老苏报了一个培训班，让他去全面系统地学习财务。

有了这样的机会，老苏更加珍惜，学得比任何人都用功。

你在某个阶段付出的努力，总会在未来的某个时候回报给你。学成归来的老苏更是如鱼得水，慢慢成为整个系统的财务总管。他对业务了如指掌，加上有头脑、有人缘，使他成为全系统的宠儿，下到新兵，上到大首长，没有一个人不知道老苏。

因着老苏的好人缘，有一天，一个同事托老苏帮他去找找领导，想要调到下面的某个地级市系统去，老苏便真的去帮他问了。没料到领导一听反而问他，老苏，你想不想去啊？你要是想去，以你的能力，绝对没问题。

在此之前，老苏从没有动过这个念头，但就在这一瞬间，他突然觉得，好像，也行吧！因为工作内容是自己现在非常熟悉的，虽然工作地点是地级市，却经济发达。

就这样，老苏来到了他后来所在的城市，在这里，他花了两年时间，又让自己成为了核心人物。有些人，好像天生有一种能力，就是能够将那些可能会用到的力量都收到自己的战局内，老苏就是这种人。

现在的老苏，就在这个当初毫无准备，好像突发奇想一样做了决定的城市成家立业了。他当着老板，做着项目，用他之前积累的资金、人脉，以及各种别人无法体会的人生经历，在火热的竞争中成为了一个成功者。江湖上流传着各种关于他的传说，只有他自己知道，这几十年来，自己付出了多少，这半辈子的命运，都是那个小学三年级退学时的小苏从未想到过的。

他这一生，似乎总是在被推着走，却在每一条分叉上，都留下了认真开垦的痕迹。那个十几岁时在路边摆摊儿的少年，懵懂的憧憬是对命运最初的挣扎吧。

评价：真的假的啊，跟电视剧一样！不过，命运掌握在自己手中，要不然老苏现在可能已经成了烤羊肉串儿达人，那就是另一种人生了。神奇！

飞×××哥（匿名）

最安全的地方，是自己给的温暖世界

城市：上海

讲故事的人：逢

我上大学之前在武汉长大，街坊中有两个姐姐待我很好，我小时候总喜欢跟比自己大的孩子玩，所以成了她俩的跟屁虫。

她们俩人长得漂亮，工作好，家里条件也不错，是那种典型的父母口中“别人家的孩子”。尤其是蕾蕾姐，身材高挑，又很会穿衣服，加上她的文笔很棒，经常在武汉的各种杂志上发表文章，写诗歌和散文。每次开联欢会一定有她的节目，跳舞、唱歌无一不能，年纪轻轻就小有名气，是人人艳羡的才女，她自己也自视极高。

与蕾蕾姐不同，露露姐属于居家过日子型的，到了结婚的年纪就找了一个可靠的丈夫，过上了相夫教子的平淡生活。

蕾蕾姐彼时有一个对她很好的男孩子，叫小柏，是四川人。他们俩之间就差一层窗户纸，但始终也没有捅破，直到小柏要回四川之前，因为露露姐跟蕾蕾姐是闺密，就跑去找露露姐，跟露露妈妈聊了许久。我不知道小柏跟露露妈说了些什么，只知道最后是蕾蕾姐送小柏去江边坐船离开的。小柏带来的一篮子川橘还放在露露家，我吃了一个，很甜，但并不是他们爱情的味道，因为那天他们的表情都不甜蜜。

小柏是不能带蕾蕾姐离开武汉的，怕背上拐走人家唯一女儿的罪名。而他的退缩在蕾蕾姐看来，就是不够爱，她认为的爱情，应该是轰轰烈烈、粉身碎骨的。所以在她心里，已经给他判了死刑。

后来小柏不死心，又回来过一次，但蕾蕾姐对他已经十分冷淡，近乎冷漠，连话都不愿与他多说。小柏跟露露和露露妈妈聊了一会儿，万念俱灰地走掉了。

那应该是他们之间的最后一次见面。

从那之后蕾蕾姐一直是空窗期，也许是因为太过优秀，没有人敢追她。说出来可能都没人信，那么漂亮的姑娘，除了与小柏的那段，她从来都没有谈过恋爱。而她对理想男友的要求倒是尽人皆知，个子要高，身高一米八五以上，会打篮球，会吹口琴，会讲故事给她听……身高和打篮球小柏不行，吹口琴、讲故事倒是都能满足，可惜，他已不会再来应征。

日子一天天过去，蕾蕾姐的年纪也越来越大，她妈着急得很，央求各种人给蕾蕾姐介绍对象，都没有合适的。许久之后，有一次蕾蕾姐参加作协的采风活动，在矿山认识了一个符合她条件的男人，竟迅速爱上了。

矿山在湖北山区，她去不了矿区，男人也来不了武汉，更大的阻碍是，男人是有老婆的。蕾蕾姐不管不顾，兀自做了他的情人。

我在露露姐家听过多次她讲自己与男人的爱情，差不多就是男人与妻子怎么没有感情，婚姻名存实亡，那女人是多么不道德，男人又是怎么迷恋她的舞姿。她还跳了一段她与男人跳过的舞给我们看，当然，其实是给露露姐看的，那时候我在她眼里只是个什么都不懂的小屁孩，是不屑回避与参考的。

可我至今仍记得她当年的舞姿，并不优美，甚至是僵硬的。我不懂那男人是如何因为舞姿迷上了她，更不懂骄傲如她那样的人，怎么能容忍我一个小孩子都觉得漏洞百出的爱情。

可蕾蕾姐跟男人就婚外情+异地这么恋着，一直到蕾蕾姐怀了孕，男人终于离了婚，娶了她，仍然是异地，聚少离多。男人一个月来武汉跟蕾蕾姐见上一次，其实那头跟前妻并没有了断，就这么过着一夫二妻的日子，这在我们那儿已经不是什么秘密了。反而是蕾蕾姐，人前人后都很幸福的样子，自然也没人多事。

我见过多次蕾蕾妈妈跟我妈妈诉苦，骂女儿脑子坏掉了，抱怨女婿如何不好，又毫无办法。

蕾蕾姐生的是个儿子，却一直都无法开口说话，除了蕾蕾姐，任何一个人看到那孩子都能感觉到他不太正常，劝蕾蕾姐带孩子去看看医生。蕾蕾姐不同意，觉得孩子好得很，说贵人语迟，天才和白痴看上去很接近……

她不肯接受现实，也不肯带儿子去检查。不久之后，因为孩子的事情，她跟男人大吵一架，离了婚，从此一个人带着孩子生活。

那时候我已经上了大学离开了武汉，记得有一次回去看到她和孩子，孩子应该有四五岁的样子了，仍被她抱在手里，咿咿呀呀的。她因为抱着孩子只能站着跟我说话，但整个人笑盈盈的，很幸福很满足的样子，并不觉得苦。

在她看来，孩子是没有问题的。所以一直到现在，那孩子已经二十岁了吧，还是不会说话，其他方面倒也还好，只是从没去看过医生。她大概觉得，自己一定不会生出一个有问题的孩子，她拒绝接受任何人对孩子的“恶意揣测”。

这么多年，蕾蕾姐母子俩就这么对付着过来了，也许说“对付”并不贴切，她始终是当年骄傲的样子，从不对人抱怨自己的生活，无论何时，都是一副幸福满足的样子，坚决不承认她这辈子有哪里是失败的。

现在的蕾蕾姐已经退休了，我与露露姐偶尔提到她，都说她是一直生活在自己世界里的人。她从来没有走出过自己筑造的骄傲与成功，兀自觉得拥有过最真挚的爱情、最幸福的婚姻、最可爱的孩子、最完美的人生。因为，这些是那个曾经百里挑一的她应该拥有的。

她理应是最幸福的人。

其实这样的她也许真的是幸福的吧，至少，这世间的苦难她并不知晓，也无须为之浪费悲伤与烦恼。

评论：活在自己的世界未尝不是一种幸福，只是心疼那个孩子。

匿名

第 4 章

青春期

在那些什么都没有的时光里

幸好我拥有你呀

所以那些单纯的快乐与幸福

便让我们在最好的年华里

觉得已经拥有了全世界

罚抄两百遍课文的女生

城市：济南

讲故事的人：七八月

大概很多人在学生时代都有过被罚抄课文的经历，有时候这种惩罚会成为一辈子的阴影，而我不一样，我的一次受罚让我得到了值得铭记一生的温暖。

我是山东人，高中就读于一所重点中学，学校为了提高升学率，管理非常严格。当时我们班的班主任是一位政治老师，极瘦，脾气暴躁，每节课都要提问，我们答不出来就要受罚，而且是极其不给面子的那种。全班同学终日惶恐不安，看到他心脏都会漏跳一拍。

政治课对于我来说简直是炼狱。按照他“不成文的规定”，如果是两节政治课连上，那么课间十分钟我们不许休息、不许睡觉、不许交头接耳、不许下座位走动，只能背书。

那天课间，我像往常一样没敢睡觉，埋头苦背，快要上课的时候还在心里默背，生怕忘记了，万一抽到我提问，答不上来可就惨了。那种紧张的心情相信很多人在学生时代都体会过。

正当我背到一半的时候，我后排的同学用笔戳了戳我，问我借透明胶，于是我就扭头递了过去。

刚把头转回来，我就发现班主任正站在门口怒气冲冲地盯着我。我下意识地把头埋了下去，心里却懊恼得要命，干吗非在这个时候扭头呢？老师一定以为我在搞小动作没有好好背书。

果然，那节课被提问的第一个人就是我。其实那道题目我刚好背过，但因为紧张，又想着他看到我转头的事，我越是想要好好背，越背不出来。

瘦骨嶙峋的班主任非常生气，愤愤地说：“回去把这道题抄两百遍，晚自习交上来！”

那道题的答案大概有五十个字，两百遍，就是一万字。况且，这只是一场误会！可是我无法解释，因为他从来不听我们的任何解释，他的理论就是：眼睛看到的就是事实，解释就是狡辩！

那节课我如坐针毡。下课了，我没有去吃晚饭，而是待在教室里抄题，心里一肚子委屈，气得不行。我到底哪里做错了？我明明没有错！为什么要受到这种惩罚？我是被冤枉的！

要知道，这次惩罚不光是抄一万个字，它会在我心里留下很长一段时间的创伤，也许在以后的每一节政治课上，我都无法心无芥蒂地听讲了。

我就这样怀着满腹心事抄题，万万没想到的是，过了一会儿工夫，竟然有好几个同学都回到了教室，跑到我面前说要帮我抄，十遍、二十遍、五十遍……大家七嘴八舌地说，每个人抄一点儿，很快就完成了，甚至还有外班的同学听说了这件事，也跑来帮忙。

这些要帮忙的同学中，也包括那个下午问我借胶带的姑娘。她特别过意不去，觉得是她害了我，说着说着都要哭了。她一下课就跑去跟班主任说情，未果，还被骂了回来。其实，我根本不怪她呀。

就这样，一群孩子趴在桌子上吭哧吭哧地抄题目，除了帮忙抄写的，还有人拿来了面包、牛奶、火腿、饼干……在我们那个并不富足的年代，这些零食是很难得的。我们坐在一起边吃边抄，样子坚决又真挚，就好像我们是要一起打仗的战友一样。

班上还有几个男生觉得这件事根本就不是我的错，不能就这么认了，虽然知道会被骂，他们还是分头去向班主任求情，具体也不知道是怎么求的，但他们竟然真的说服了班主任！最后他老人家那只决定我命运的大手轻飘飘地挥了挥，说：“不用写了！”

当那个求情代表把这个好消息告诉我们时，我的第一反应竟然是无比遗憾，因为从下课到此时，我们一刻不停地抄写，已经抄了一百七十多遍。

我哭了，我是第一个哭的，接着，那个问我借胶带的同学也哭了。

那天我哭得很厉害，不是因为委屈，当然也不是难过。

后来我自己读了师范大学，就一直想，如果有一天自己当了老师，站在讲台上，我一定要耐心地对待我的学生，绝不让他们受委屈。

但现在回忆起来，当时的那种委屈已经很淡了，留下来的是流动在心底的温暖，真的很温暖。

那一百七十多遍的罚抄，有七八种字体，高的、矮的、胖的、瘦的，看起来特别好笑。高中毕业之后，所有书目、练习本都被我痛痛快快地卖掉了，唯独那一百七十多遍的罚抄，至今留存。

看到它，就好像看见当年那群可爱的同学，那时我们青春年少，充满温暖，充满爱。

评论：年少的友情就是这么单纯！我上初中的时候，我们班的男生跟其他班的男生起了争执，打了场群架，第二天，班主任让我们大家匿名写昨天参加打架的人名字，结果收上去的三十九张纸条，竟然不约而同都是空白的，把班主任气得七窍生烟。虽然不是什么光荣的事，但现在想起来，还是特别为当时的“团结”感到骄傲。

默×××（匿名）

三个想开旧书店的女孩儿

城市：南京

讲故事的人：孙小兔

在讲这个故事的时候，我无比想念她们。田本多、文静，我是孙小兔，我们是坚不可摧的铁三角。

上大学的时候，我们三个形影不离，整天在一起。而毕业之后，大家选择了不同的人生，田本多在美国，文静在英国，我在中国，我们之间的联系就是电话、微信、微博……就是这样的神交也是一种奢侈，因为时差的关系，常常这个人刚起床，那个人已经要睡了。

我们三个虽要好，其实性格迥异，从现在所生活的地方就能看出来，本多热情浓烈，文静安静得像一杯茶，我算是介于她们两者之间。

先说田本多，她的名字乍一听还蛮洋气的，其实来源特别搞笑，她爸赐她这个名字的时候，想的寓意是，姓田的人本事多。她也确实特别聪明，似乎每天都在玩，但是成绩却特别棒，曾经有一次，我们一起玩了一个通宵之后的早上，她突然想起来要考英语专业八级，就去考了，还考了超高分。

本多从南大毕业之后去美国继续念书，曾经有两份工作摆在她的面前，一份是在有美国金融中心之称的华尔街上的某一家银行就职，另一份是在海边卖冲浪板。她毅然选择了后者，因为这样每天都可以看到海，还可以遇见不同的人，听到不同的故事。

后来她真的在那儿遇见了一个黑人男孩儿，两个人遇见的时候，本多即将在两天后回国，为了这个男孩儿，她改了归期，又待了两周。他们在一起度过了疯狂的十六天，但结局没有终止于第十六天，本多后来再次回到黑人男孩儿身边，领了结婚证，最终跟她的黑人王子生活在了一起。

相比田本多，文静就跟她的名字一样，她站在伦敦大街上，就好像某一部英国老电影里的女主角，安静得如同一片叶子。我跟本多通电话的时候，她的背景声永远是派对、摇滚，歌舞升平；跟文静通电话，背景声永远是老教授在讲课，缓缓的爵士乐，要不然，就干脆什么声音也没有。

1989年出生的文静，到现在还从没有谈过一场恋爱，没有跟男孩子牵过手，她也不知道要怎么谈。但今后如果哪个男孩子遇见她，一定是幸福的。她是那种特别理智、特别明理的姑娘，我跟本多要干出什么冲动的事，都是她在后面拉着，有时候觉得，看起来安静而又柔弱的她才是我们的“家长”。

而我，大学毕业之后就进电视台当了一名编导，每天采访各种人，遇见各种事，养着两只猫，想着怎么给楼下的七只流浪猫砌一座属于它们自己的家。

我每天都在抓狂，又每天都在快乐地憧憬着未来，等着我的伙伴回国，实现我们的梦想。

在我看来，田本多是浓烈的龙舌兰，文静则是一壶碧螺春，而我，大概是一杯长岛冰茶吧！我们三个虽然性格相差很大，却有很多共同的喜好，比如都喜欢绿色，都喜欢喝酒，喜欢听故事，喜欢看书。

我们仨共同的心愿，就是开一家书店，而且，还是一家旧书店。因为每一本旧书除了本身讲述的故事之外，更比新书多了一份神秘的厚重，读过它的人是怎样的呢？现在在哪里呢？这种默默存在的悠远的情愫，让每一本旧书都有了自己的故事。

我们的旧书店连名字都想好了，就叫“绿荫书店”，为着我们喜欢的绿色。等我们以后老了，一定会有这样的对话：

“在哪儿呢？”

“书店呢，过来吧！”

如果可以这样，必定是我们三个最最幸福的余生。

相信一定有很多像我、田本多和文静一样有着深厚友情的女孩，这辈子可以有人陪你一起喝酒，一起大笑大哭，一起挥霍青春，一起有着共同的心愿，不管还能不能每天在一起。

评论：我也有这样的“三人组”，我们就像故事里的三个姑娘一样，感情很好，最巧的是，我们的愿望也是老了开一个书店。在书店养老，这分明就是我们的故事啊！

匿名

转角的咖啡店与拉长的青春期

城市：南京

讲故事的人：小鱼

我认识小鱼的时候，她的咖啡店才开没多久。

这个在外贸运输行业干了整整十年，集销售、客服、单证等十八般武艺于一身的女汉子，在生完孩子之后的某一天突然醍醐灌顶——是时候干点儿自己喜欢的事情了！

其实对于小鱼来说，之前的工作也不是有多讨厌，只是谈不上喜欢，也许这么说更贴切：三十岁之前，工作是为了生计，三十岁之后，工作是为了生活。

对，美好、快乐地去生活，而不是哭丧着脸拼命地活着。

但事情远没那么简单，小鱼开咖啡店的想法遭到了全家人强烈的反对，老公和老妈一致认为：首先，你没做生意的经验；其次，你没做生意的智商。

后来真的开店之后也证实了他们俩的判断，找错钱、算错账这种事成了家常便饭。有时候客人发现了会送回来，有时候大家都没发现，所以到月末盘点的时候小鱼的账从来就没有严丝合缝过，总是对不上。大到机器房租，小到一根吸管，这么小的一家店竟然也全是账。

说到算账，我问她，店开了两年，挣到钱了吗？

她想想说："现在基本收支持平，当然，不算我自己的人员成本，还有店里的好多采购都是混在家里的生活用品里面，算蹭老公的。如果非要算得那么清楚，那我自己就是一个不拿工资、操碎心、从早忙到晚的纯免费苦力啊……"

"那后悔开咖啡店吗？"

"装修的时候就后悔了！"

两年前的小鱼，也不知道哪里来的执念，任凭大家都反对也不放弃开店的想法，最后老公妥协，"看你这么坚持，那就开一个试试吧，顶多亏点儿钱，也不会被枪毙！"

你看，这样的"支持"也让小鱼自信满满。还有一个原因就是，当时小鱼的一个朋友也在附近的商业街上开了一家咖啡店，算是有经验的"老人"了，在"前辈"的鼓舞下，小鱼兴致勃勃地找起了房子。

一开始小鱼根本没有考虑过学校，看的都是新街口、1912

那些土豪地段，房租贵得要每天来一百个客人每人喝一桶才行。

当朋友带着小鱼走进那所学校大门的时候，她莫名其妙有一种说不出的熟悉。不知道别人是不是这样，很多时候，上学的时候讨厌学校，恨不得长着翅膀飞出去，而毕业之后，学校成了心里最怀念却再也回不去的地方。

“说实话！”

“省房租！”

地址就这么选定了。所有的装修，从设计、选材、桌椅的摆放、小饰品……都是小鱼自己弄的。原本对这方面一窍不通，但她又是买书，又是上网，又是找朋友咨询，自学成了才，可时间也刷一下过去了，一个不到五十平的小店，装了四个月。

人累垮了，钱包瘪了，而小鱼自己，又要带宝宝又要忙店搞得焦头烂额，“老娘不干了”的想法已经不知道有过多少次，却也舍不得交掉的房租和焕然一新的小店。它已经从一个废品收购站一样的仓库变成了窗明几净的温馨所在，不时飘出的阵阵咖啡香，引得路过的同学们特地拐进来，探头探脑地问，“你的咖啡店什么时候开业呀？”“怎么还不开业呀？”

如果这就不干了，似乎辜负的不仅仅是自己。

2013年4月，小鱼的店磨磨蹭蹭终于正式开业了。其实之前试营业的时候就不停地有人过来，总算还是有客人的，而且，没有做任何宣传，人们闻着咖啡香就来了。

看着店里坐着聊天看书、喝咖啡的年轻男女，他们没有被岁月打磨过的脸上，仿佛都是自己年轻时的影子。

这幅画面成了瘾，成了小鱼的镇定剂。然而镇定剂偶尔也有失效的时候，开业两个月后的一天，之前开咖啡店的那个朋友来问，“碰到过零蛋吗？”

“没有呢！”小鱼扬扬得意。

所谓“零蛋”，是指一天一杯都没卖出去的情况。就在这个问题问过之后没几天，小鱼的“零蛋”就来了，那一整天，一个客人也没有。那扇小小的门如果也有知觉，估计早就被小鱼炙热的目光盯得自燃了。

一直到打烊，都没人推开那扇门。用小鱼的话说，想死的心都有了。

不过，“习惯了就好”，开纯咖啡店的，又特理想化对自己的店有心理洁癖的，不肯做餐，不肯放人进来打牌抽烟，想保持咖啡店纯粹性的，有几个老板没有一年想死几次的经历？

而且小鱼的咖啡店因为在学校，顾客以本校师生和附近住户为主，人群单一。还有一个弊端就是不停地放假，寒暑假三个月没人，房租是要照付的。考试前后，学生忙于复习，也来得少。这所学校又特别奇怪，不是期末一起考试，而是一门学完就考，考一门扔一门，所以，一年到头不停地在考试。

也有学生来店里复习，咖啡店可比图书馆、自习室舒服多了不是？可来了之后原本不认识的同学熟识了，谁还会看书？

常常是看着看着把书啊、笔记本啊扔在一边，几个人聊天聊得开心着呢！

这么欢乐下去非挂科不可，不能来了。同学们还不忘给小鱼发微信：鱼姐，我们考完试再来！

考试要紧，谁没上过学，考试当然是第一位的。

后来，小鱼也不为放假这件事烦恼了，学生放假她也给自己放假。一是可以好好地陪陪宝宝，还有就是，她可以利用这段时间去学习。起初开咖啡店的时候，她只是个咖啡菜鸟，完全是因为自己喜欢喝，而且被幻想中的画面“迷惑”了。你想，一家属于自己的咖啡店，每天闻着咖啡香，为客人端上亲手做的咖啡，闲暇时找个位子自己坐着，翻翻书，听听音乐……那幅画面美得我都不敢看。可事实上，咖啡店老板就是集服务员、会计、保洁员等于一体，每天忙得脚不沾地还说不出自己干了些什么的矛盾体。最关键的是，接触了这行之后，才发现咖啡的世界那么大，做一杯拿铁，拉一朵郁金香什么的，都只是入门级，里头的学问太多了。

小鱼的第一个暑假，专程去上海参加了专业咖啡课程，看咖啡展，见了很厉害的大神老师，学了很多以前从来没有听过的知识，也被之前那个“初生牛犊不怕虎”的自己吓到了。原来，做好咖啡，开好一家咖啡店，是一个漫长的过程，它像一座很高很高的山，越往上爬，景色越绚丽——当然，也越是需要付出更多的努力和精力，绝不是像想象中穿着长裙、帆布鞋坐在店里负责文艺、温婉、忧伤就行的。

并不是所有付出都会有相应的回报，但只要付出就一定会有收获。小鱼说，开店两年，不仅把自己搭了进去，老公和老妈也没闲着，一有空就会过来帮忙，打扫卫生，端茶送水，平时还要负责帮忙去超市大采购，有时还要自掏腰包贴补一点儿。没挣到钱又辛苦，而最大的收获可能就是，在这里，发现自己变年轻了，变开心了，变得充满活力，变得单纯热心。有时觉得三十多岁的自己有着90后的心性，纯粹是被氛围感染的。

小鱼的店里一直有兼职店员，都是本校的学生。他们对咖啡由衷喜欢，学起来也很刻苦，差不多两到三个月的时间就可以独立做出品相和口味都很好的咖啡，可以独立接待客人。很凑巧的是，去年在小鱼店里的三个兼职女生都是有男朋友的，不仅自己特别勤快，总是主动帮忙干活，还隔三岔五就把男朋友叫过来。男生更麻利，偶尔有粗重的活儿都抢着干。小鱼跟大家开玩笑，找兼职就要找有对象的，付一个人的工资两个人干活，总算干了一件不亏本的事。

还有一次让小鱼特别感动，她印了一些宣传单准备去发，结果遇到了一个顾客的姐姐。这个同学是学校公认的女神，人特别好，以前经常会来店里帮忙出谋划策，现在在台湾留学，寒假的时候还特意回来店里。那次是她姐姐刚好休假来喝咖啡，聊着聊着就主动帮忙发传单，两个人在大马路上发了整整一个下午，“义工”一句累都没喊过。

而那天她是第一次到店里来，根本连认识都算不上呢！

像女神和姐姐那样的年轻人还有许多，现在小鱼店里进门右手边的那面墙上，挂了几十幅小相框，相框里的画都是一个客人同学亲手画的。那是个踏实可爱的小胖墩儿，彼时他喜欢上一个妹子，经常在店里安静地画画送给她，但后来并没有牵手成功，伤心之余，他决定在毕业前把店里的照片墙全部换上自己的亲笔画。

最后，他做到了。

现在，小胖墩儿即将毕业，就要去意大利留学，而他的画却一直挂在这里，见证学弟学妹们的青春。

是学生，就总是会毕业的，那些飞去更远地方的客人，也仍然记得小鱼的店。一个去英国留学的姑娘，常常会给小鱼寄来当地的茶、咖啡，而小鱼也会把这些礼物拿出来跟客人分享。仿佛冥冥之中有一种传承，离开的学姐，新来的学弟学妹，在这个小小的咖啡店里以某种形式有了交集。青春不会永远属于某一个人，但永远有人正当青春。

小鱼喜欢跟同学们在一起，他们带来了太多新鲜与活力，好像永远精力旺盛，时刻准备狂欢，永远烦恼却随时都可以开怀大笑。客人辣椒就是这样的年轻人，他是一个唱歌很棒的男生，常常在店里自己就开唱了，哪怕小鱼是唯一的听众，他也唱得很开心。音乐传得很远，仿佛在校园里拐了几个弯，绕过梧桐树的绿荫，绕过图书馆的草坪，绕过教学楼的走廊，音符飘浮在空气里，渗入每一个人的毛孔，让整个校园都律动起来。

有时辣椒也带同学过来，大家围坐在一起，肆无忌惮地大声唱着歌，唱青春与梦想，唱爱情与现实，唱人情冷暖。那是一种让人情不自禁就要加入进去的氛围，你忘记了自己是谁，只想跟他们一起诗酒趁年华。

小鱼说，在开这家店之前，已经很多年都不知道，原来生活可以这样单纯，开心就唱歌，不开心也唱歌，快乐就笑，悲伤就哭。而在社会上讨生活的那些年，很多时候没有那么幸运，哭和笑，悲伤和欢喜，都由不得自己。

辣椒喜欢唱的那首《菩提树》似乎就是在向这些孩子诉说未来的无奈——

回到了蓝色的菩提树下
可没有那位好姑娘
有的只是一片嘈杂还带着伤
在县城遇见了一个富婆
开着宝马的汽车要载我回她的住所
此刻　叫我不知所措
回到了蓝色的菩提树下
姑娘已经嫁给村长的儿子的爸爸
吃米三斤半

日夜三更半
一月三百块钱 那还不如白干
回到了蓝色的菩提树下
更没有那位好姑娘
有的只是一片嘈杂还带着伤
啦啦啦　啦啦　啦啦啦　啦啦啦……

不知道以后辣椒会遇见什么样的姑娘，每个人都会走出荫蔽，去面对生活给予的悲喜考验。就像小鱼的咖啡店里，每天手拉手走进来的那些小情侣，谁也猜不到结局，但相信他们总会记得，年轻时与一个喜欢的人在喜欢的咖啡店里一起看书、谈天、听歌的岁月，无论什么时候回想起来，都一定是温婉动人的。

哪家咖啡店遇不见爱情？

小鱼在店里见证的最令人震惊的恋情，是一段一见钟情的佳话。有一天她的一个朋友带着另一个朋友来喝咖啡，谁也没有想到，那个被“捎带”着来的男人会在这里改变自己的人生。

小鱼当时的兼职姑娘二十三岁，眉清目秀，对客人有着花朵一样的微笑。目光交汇的瞬间，爱情降临了。

朋友被派过来向小鱼刺探口风的时候小鱼直喊不可能，那姑娘才研一，那哥们儿都三十多了，差十岁呢！

朋友说你整天号称自己90后还这么老土，爱情是不分年龄的。果然，没多久，两个人手拉手出现在了店里，并且一直到现在，感情稳定，恩爱有加。姑娘明年毕业，听说，婚礼近在眼前。

咖啡店是适合恋爱的地方，大学期间更是需要一场恋爱的。小鱼的两年，见过太多聚散。有一直是两个人来的，也有来着来着变成一个人的，有其中一个换了人的，也有两个分别换了人的……小鱼常常看着看着就看到了自己，曾经青涩的记忆现在只能用来怀念，幸好有这家店，好像把自己的青春无限拉长了。

而小鱼眼下拥有的这一切，被人渴望的平淡与快乐，是她用更好的物质生活换来的。理想与现实之间，永远隔着生计和欲望，生计使人窘迫，欲望使人迷失，总之，都辛苦。

这两年来小鱼已经劝退了很多想要辞职开咖啡店的小伙伴，她们有些回去安心工作了，还有些回去生孩子了，生活从另一面看，就是另外一种样子。

我问小鱼："如果只能对想要辞职开咖啡店的人说一句话，那你会说什么？"

她毫不犹豫地回答："开店有风险，投资需谨慎！"

"如果你的咖啡店生意一直不好，那你还会坚持多久呢？"

"坚持到感觉不到快乐的那一天吧！"

嗯，小鱼的状态是我所羡慕的。很多时候，我们都不以快乐作为衡量生活的标准。在校园里开着小小咖啡店的小鱼跟她那些年轻的客人，至少能够站在离“快乐”最近的地方。

再去小鱼的店是在5月里的一个晴天。从学校大门走进去，一条绵长的梧桐大道看不到尽头，太阳被严密的树荫挡了起来，只在树叶的缝隙里投下斑斑点点的光芒。我想秋天的时候这条路一定更美吧，金黄的落叶像厚厚的毯子一样铺在地上，踩上去沙沙作响，年轻的男女们穿着素色的衣服在树下拍照，背景是静止了一般的岁月。

那幅画面，并不是任何时间、任何地点、任何心境下都能看到的。

评论：喜欢。喜欢。喜欢。学校里的咖啡馆，也是我的青春。

雨×××下（匿名）

第 5 章

旅行者

这世上有些人

在地球的某一个角落

正循着自己喜欢的方式

过着平凡却有趣的一生

我们羡慕的

也许并不是他们的生活方式

而是他们不顾一切的勇气

有一种幸福，叫旅途有人捡

城市：南京

讲故事的人：冠博

2005年，我从南京去新加坡留学，大概是天生爱玩，我像只充满了气的气球，线一断，便迫不及待飞向了更远的天空。从踏上新加坡那片土地的第一刻开始，扑面而来的不是陌生感，而是快乐与好奇，那些和之前不一样的风景成了诱惑。

从刚入学开始，我就跟当地同学到处溜达，很庆幸总能找到愿意带着我一起玩的小伙伴。新加坡虽小，属于到此一游三四天就能搞定的那种，但如果要走遍每一个犄角旮旯，寻找那些藏在角落里的惊喜，还是要花很多时间的。

好在我一直时间多，上学时学业不忙，乐得清闲，毕业之后，又进入了新加坡当地一个赫赫有名的大集团，阴差阳错地做起了混凝土配比设计。集团太过强大，在当地属于垄断企业，所以员工福利各方面都很好，而我的岗位可以说是轻松而自由，上午在办公室，下午可以号称去工地，跟着那帮爱吃爱玩的销售同事到处去逛——大概爱玩也是一种气场，让你不管走到哪儿，都能遇见愿意把你捡走一起玩的人。

新加坡的美食很多，尤其是铺天盖地的大排档，在当地叫“小贩中心”。可别小看了“小贩”两个字，大型的“小贩中心”简直就是一个国际美食节，什么印度菜、马来菜、泰国菜……选择障碍者慎入。去多了之后，就会对每个“小贩中心”中每家的特色了如指掌，比如这家的海南鸡饭好吃，那家的卤面汤料特别赞，熟了之后，就能吃到“最佳组合”。

“小贩中心”太多，几乎每个小区都有，因此新加坡的年轻人都很少在家做饭，“小贩中心”味道好价格也不贵，正常的三菜盒饭三块多新币，对于他们来说，实惠方便。

我就这样从一个老是被别人捡走的菜鸟，变成了发现好吃的立马会带着别人一起去的吃货。而那些来新加坡玩的朋友，朋友的朋友，朋友的朋友的朋友，也都成为我捡过的人。

除了吃，我还常常跟着朋友们去教会，当义工或者单纯的陪同，见到很多有意思的人和事。

大三的时候，同学带我去看一场幻术表演，其实就是魔术，因为是免费的票，我便好奇地跟去了。表演是在新加坡市中心的一个展览中心，可以容纳一两千人的空间座无虚席。表演相当精彩，完全没有因为免费就显得山寨，反而是精妙绝伦的。

我一开始也没有觉得有什么不同，直到结束的时候，快散场了，才发现氛围有些异样。耳边是轻柔的音乐，刚才为大家表演的魔术师换了一身牧师的服装，回到舞台上开始讲故事。

他讲得非常生动，语气却又极其淡定，就像是一个慈爱的长者，跟你一起分享人生，是那种——体谅的宽慰。不知道是故事太过真实还是氛围的原因，所有人都听得特别认真，慢慢地，有人开始小声哭泣。

故事讲完，大家全部站起来了。

他对大家说：请大家闭上你们的眼睛，我们的音乐会一直放着，如果你们觉得自己需要救赎，请站到台上来。

一开始我也是乖乖闭着眼睛的，后来中途还是忍不住偷偷睁开了一下，真的吓了一跳，台上竟然站满了人。我一扭头，跟我一起来的原本跟我一样无宗教信仰的同学，竟然也上去了。

从那之后，那个同学开始每周都去做礼拜。

后来，我问了一些有宗教信仰的朋友，他们说，有天突然很想去教会，就去了。原本心里有一些特别放不下的事情，去了之后，觉得真的得到了救赎。

我没有那种体验，但看到他们坦然宁静的样子，觉得也许这是他们回归自我的最好的一种方法。

每个人的生活都是要有变化的，有人害怕变化，有人害怕没有变化。我属于后者。

在新加坡的第一份工作干了三年多，我突然觉得这样的生活状态适合养老——轻松自由、待遇不错、没压力，如果你愿意，几乎可以干到退休。可就是这样的安逸让我不安，我才二十出头啊，就看到了六十岁的自己，对于我来说，这种既定的路程比未知更可怕。于是，我在众人不可思议的目光之下，辞了职，去卖保险了。

卖保险最大的好处是可以遇到各种各样的人，每天都过得不一样。这种充实让我激情满满了一段时间。后来，因为父母没有来新加坡定居的打算，作为他们唯一的孩子，在多番权衡之下，我回到家乡南京。

这些年里，我的变化很大，一直没有改变的是一颗爱玩的心，缓慢地保持着一年至少去一次远方的频率，而每次都很幸运，能碰上把我捡走的人。

那年我走日本箱根富士山，是跟一个一同在新加坡上学的高中同学。其实之前我们一直都没有过什么接触，他是传说中的学霸，而我这种自由散漫的人一向对学霸是敬而远之的。印象中他是斯斯文文的学院派，我觉得他看书大概也是《资治通鉴》那种。但那次我们一起去日本之后，有了更深入的了解才知道，原来学霸竟然是个二次元粉。

他喜欢日本，是个日本迷，对日本文化有着很深的研究，喜欢漫画，喜欢日剧，对所有经典的、最新流行的日本元素如数家珍。他绝不是书呆子，甚至比我们普通人更了解潮流，紧跟潮流。而且，他也是个非常好的人，与我之前对他的“偏见”完全不相符。

他还有一个女同学比他更甚，是个更厉害的日本迷，《灌篮高手》连看四遍，看到前一句台词说出来，她就可以接上下一句的程度，她的日语，就是这么自学成才的。一开始她是在新加坡工作，后来因为能说流利的日语，被公司派去常驻日本。对于她来说，这种际遇就像一部励志片——你喜欢一样东西，并且喜欢到极致，用心、用功、用力去喜欢，就能有所收获！

看漫画、打游戏等同理，爱到极致，就连培训班都省了。

那次，因为有两个日本迷的陪伴，让我的旅行更接地气。我可以轻易去到当地人常去的那些好地方，买到特别喜欢的东西，不用做攻略，也不会迷路。东京，富士山，横滨，神奈川《灌篮高手》里樱木向晴子招手的铁道岔口……一路走过去，我改变了很多原先对日本的看法，也有了更多更客观的认识。

而去美国的那次，也很幸运。当时前女友在美国读书，我假期过去找她，刚好是圣诞节期间，我们订了一辆车，开始了美国十一天的自驾之旅。不过当时我车技很烂，10月份刚拿的驾照，在新加坡高速开九十码都吓得要死，在美国连开十一天之后成了熟手。人都是被逼出来的。

印象中，美国的自然风光特别好，天蓝人少，在路上开车，经常开着开着就有特别漂亮的风景，菜鸟照相也能拍出田园小清新。美国人特别热情。

我到现在都没想明白，自己怎么就被邀请到美国人家里去过圣诞节了。

那是前女友的老师，前女友也是才跟他上了一个学期的课而已，我就更不用说了，完全是陌生人。可他们全家都非常热情地邀请了我们，而且，正是他们最隆重的圣诞节。

我也因此有了人生中第一个在美国跟真正的美国人一起度过的圣诞节。怎么形容？对，就跟我们在美剧里看到的那些中产阶级家庭一样，漂亮的小别墅，很大的圣诞树，家里摆满了全家人出去旅行的照片，暖色的灯光烘托，显得格外温馨。

老师夫妻有三个孩子，最小的也毕业参加工作了。当时我对于他还跟家人住在一起很不解，明明之前看到的帖子都是说美国孩子十八岁就要被赶出家门的呀，你都超龄那么多了怎么还没被赶出去？

还好年龄相仿，也跟他聊得很好，我就直接问了。他乐呵呵地说："最近公司裁员，失业了，也不急着找工作，先在家休息一段玩玩再说！”

他之前的工作是做快餐店收银机的系统维护，对于之后要做什么他也显得很随意，开心就好。在他们的世界里，失业再就业是很寻常的一件事，不代表任何东西，和能力、人品、出息等都是不相干的。

那次我们沿着美国东海岸，在沿途的城市短暂停留。十一天的简短行程并不能对一个国家有多深刻的了解，不过是作为一个旁观者罢了。但这样就很好，留着遗憾，等于给了下次一个机会。

如果说我前面被人捡的经历，基本都是或多或少原本就有交集的熟人，那完全被陌生人捡到，是去台湾的那次。之前在人人网上认识了一位台湾当地的大姐姐，三十多岁，没结婚，养了一条狗，在房产中介工作，时间比较自由。

我们经常会在网上聊一聊彼此的生活，她是非常好客喜欢当“地主”的人，所以后来我去台湾时便联系了她，她热情地一路陪着我玩。

我们从高雄到垦丁，一路美食，晚上去当地人的小酒吧喝酒聊天。在垦丁的时候，我们没有交通工具，我就想租一辆当地人骑的那种小机车，姐姐说没有当地人的证件，人家是不会租给你那种车子的。

我便出了个主意，让她先拿着自己的身份证去这家租，然后再跑远一些，去另一家再租一辆，反正证件也不用押在那儿。

就这样，我们一人有了一辆小车。可偏偏天公不作美，半路下起了倾盆大雨，我们俩被淋成了落汤鸡。原本美好得像偶像剧一样的海边骑行变成了暴风雨事件，而且还遇上刮台风，海边拉起了警戒线不让靠近，想下海也成了奢望。

在台湾还住了一次有点儿像胶囊公寓的旅馆，很小很小，男女分成两部分，就像大学男女宿舍一样，但干净整洁，也便宜，一晚只要八十元。如果一个人的话，还是很有意思的，就是隔音比较差，半夜能够真切地听到隔壁打呼噜的声音。

我对台湾印象很好，可能也有热情姐姐的原因吧。这种旅行方式是从我的那些新加坡同学那儿学的，先在社交软件上认识当地人，然后成为朋友，去当地的时候就可以找他们玩。但一定要是不见外的人才好。

被捡多了之后，加上自己天生爱玩的性格，给别人当“地主”也成了我的一大乐事。现在工作之余我被一家旅行项目邀请为当地达人向导，带着从外地来南京旅行的人钻小巷子，找美食，找这个季节的啤酒小龙虾，南京的乐趣绝不仅仅在夫子庙的游人如织里。

未来我希望自己可以一直都保持这样的状态，爱玩，爱分享，爱当地主，爱被人捡和捡别人。我相信世界会在这样的际遇里变得更美好，人与人之间，也会在这样的相遇里经历更多的事。

世界会因为陌生人的信任与热情，变成小小的一个点。

评价： 看完立马订了机票，是不是太冲动了！

小鱼（匿名）

摆摊姑娘年华正好

城市：南京

讲故事的人：念念

在这个城市每一个热闹繁华的角落，几乎每天都会看见很多摆摊的人。他们售卖各种小玩意儿，饰品、围巾、杯子、袜子，你在下班路上路过，可以随意买回一件缺少或喜欢的东西。

我就是这城市摆摊大潮中的一员，不同的是，我摊子上的东西，没有一件来自批发市场，每一样都是自己亲手做出来的。纯手工的饰品，纯手工的书签，纯手工的宣纸本子——为什么是宣纸？作为一个书法专业的大三妹子，宣纸大概是一种情结。

我和男朋友飞龙都是喜欢手作的人，希望把自己用心做出来的作品出售给懂得的人，对于还在读大学的我们来说，摆摊无疑是最直接的展示方式。当然，还有一点儿小小的倔强——做手工去摆摊当然是短期内无法被家人认可的一件事，但如果可以通过摆摊养活自己，那是不是就意味着证明了一些事情，比如——我想走的这条路并没有错，并且，可以按照这条路继续走下去？

但起初摆摊的过程并不顺利。原创作品不在特定的氛围里几乎没什么竞争力，远不如一双袜子接地气，想用摆摊挣钱来养活自己这件事变得尤为艰难。刚开始的那段日子里，我跟飞龙穷得叮当响。

我清楚地记得有一次，我们两个人全身上下加起来就剩十块钱。学校在仙林，坐地铁到市区一个人要四块钱，思来想去，我们还是做了个艰难的决定：去市区摆摊，卖出去一件是一件！

结果，那天生意很不好，总共也没卖出几件东西，但回来的时候一数（其实也没什么可数的），一共有二十几块钱，这样算下来我们还是挣了十几块钱的。两个人高兴坏了，晚饭钱有了嘛，总算还是把自己养活了！

虽然我们经常在市里摆摊，但很少在特别繁华的地方，因为那些地方虽然人流量大，但风险也大，弄不好就会被城管抓。城管，当然是摆摊生涯中不得不提的重要元素。而我和城管之间最奇葩的一次较量，是在马群的那次。

那时飞龙刚毕业，辞了工作，还租了间房子。那个月我们身上的钱连房租都不够交，飞龙决定在附近的一家面包连锁店打零工，第一个月全月无休，工资才两千块，暑假没课的时候我就在离他不远的地铁口摆摊陪他。地方有点儿偏，价格也开得低，指望人气能够旺一点儿。可还是被城管抓了，连人带货被拎进了他们的根据地。城管大叔铁青着脸说："你在地铁口摆摊，违反了我们×××条规定，要罚款两百元！"

我很可怜地说："我没有两百块！"

大叔瞥了我一眼说："看你是学生，从宽处理，就给五十块吧！"

我说："我也没有五十块，有钱我就不出来摆摊了！"

我心里飞快地打着算盘，五十块几乎是全天的收入，它可能是我和飞龙一星期的伙食费，可能是房租的一部分，也可能是买手工材料的本钱，这五十块太重要了，怎么可能用来交罚款！

我拿不出钱来，他们也不肯放我走，就这么干耗着。后来我开始哭，撼天动地号啕大哭，一直哭，不停地哭。中间大叔递水给我喝，我哭着说："我体寒，不能喝凉水，我要喝温水……"

不管什么时候都是要优待俘虏的对吧！面对我这种提要求的俘虏，他们一点儿办法也没有。后来我的哭声甚至惊动了他们的局长，局长看到我哭得肝肠寸断，心也软了，对大叔说："太可怜了，放她走吧！"

我是下午两点多被抓走的，走的时候已经五点半了，整整哭了三个小时，嗓子哑得都说不出话来了。但走出城管根据地的时候我心里却是开心极了：没有交五十块的罚款，摆摊还挣了一点儿钱，我赢了！我觉得自己像个女战士，在这场生存之战中以不漂亮的姿势轰轰烈烈地赢了一次。

有时候想想，其实完全可以不用这么辛苦地去拼命生活吧。明明可以安安静静地当个好学生，衣食无忧地写字、画画、做手工、谈恋爱，或许能够过得舒坦许多，但我的我的内心始终有着自己想要的方式，并且想要认真地去捍卫它。生活本身并没有那么多实质性的苦难，那些插曲，不过是成长中的一部分罢了。

这些年人生中的乐趣，除了做自己喜欢的东西之外，就是到处去玩。毛里求斯、泰国、韩国、日本、台湾……走了一圈之后，我发现了一种更好玩的摆摊方式，那就是走出自己的城市，带着摊子去旅行，让自己的摆摊事业变成“行走的风景”。

第一次旅行摆摊是在前年，那次是一个人去的，目的地是扬州和苏州。之前从来没有一个人去别的城市摆摊的经历，也会更谨慎一点儿，人生地不熟的，万一被城管逮了，也不能保证用生命去哭这个法子每次都管用。

出发之前我先在微博上联系了东关街的一家民谣酒吧，老板人挺好，我被特许在他的酒吧门口摆摊。整条街人气很旺，而我有着专属“庇护”，尽情享受着没有城管的摆摊生活。游客与摊主的双重身份让整个旅行都变得很不一样。

扬州的行程结束之后，我直接去了苏州。这次看中的地盘是苏州博物馆门口，但发现那里已经有很多摆摊的人了，心想是不是要交保护费才可以在这里摆，人家是不是都交了钱的，也不敢贸然上前。刚好对面有一个卖旅游纪念品的大叔，便上前打听，大叔特别热情，给我讲解了摆摊的规矩：确实有个阿姨看场子，但她一般下午四点钟才会来，所以，四点以前你在这儿摆的话，是不会有问题的！

按照大叔的“指示”，我成功躲过了看守阿姨的“警戒线”。大叔不仅提供了重要的线索，还特别照顾人，倒水，搬凳子，忙来忙去，就好像我并不是个陌生的摆摊者，而是到他家做客的客人。那天离开的时候，我送了自己亲手做的饰品和本子给大叔的老婆和女儿。不知道这么久过去了，他们看到那些东西还会不会想起，曾经有个小姑娘在陌生的城市得到过他们的帮助，但我却一辈子都会记得那个下午，来自陌生人的温暖。

旅行摆摊生涯中时间最长的一次，是在去年暑假，我跟飞龙沿着江浙沪走了八天，主要是为去绍兴。因为看了周云蓬的《绿皮火车》，特别好奇绍兴是一个什么样的地方，会让周云蓬停下来住那么久。

真正到了之后，我站在周云蓬住过的房子前，到他去过的书店，吃他吃过的饭馆，沿着他提到的那些地方慢慢走，心里想着不过是个普通的地方啊。所谓的情怀有时候大概就是这样的，因为某个人的“住过”和“去过”，普通的地方也变得格外可爱起来。

我仍然是喜欢绍兴的，那是一座节奏很慢让人舒缓放松的城市。人们热情随和，南方人的绵软温柔，加上我作为书法专业的学生，对徐渭、王羲之那些祖籍绍兴的书法家的崇拜，让绍兴在平静的魅力之外又多了许多特别的情愫。

一切都是喜欢的样子，连摆摊生意都特别好。得知我们卖的都是自己的手工作品的路人大多发自内心地觉得这是一件很有意义的事，又得知我们是一边摆摊一边旅行，卖自己的手作筹集路费时，都十分鼓励地要买上点儿什么，好让我们走得更远。

那八天辛苦而又快乐，我们住着很便宜的旅馆，白天游玩摆摊，晚上窝在旅馆里闷头做手工，第二天再拿出去卖，八天的路费就在这样的循环中挣回来了。

旅行与摆摊成了一对完美的组合，让这两件事都超出了它本来的意义。摆摊的日子有苦有甜，有骄傲也有失落。会遇见很可爱的小朋友，特地跑来说一句“姐姐你好漂亮”，回她一句谢谢，送她一件小礼物，快乐如此简单；也有毫不掩饰的路人，用审视的语气问“这是你自己做的啊”，我满心欢喜地回答“是啊”，对方随即补上一句“好丑哦”，留下你在原地，头顶飞过一排乌鸦……

那些不同的人，成了旅行中一段段很重要的回忆。而我在旅行中遇见的最重要的一个人，却跟摆摊无关。

那是很久以前，我跟同学去西塘玩，在酒吧一条街的时候，挑了一家客人最少的店进去了。店里只有一个顾客，是个挺帅的男生，我们自然就聊了起来，还聊得挺好。第二年春天的时候，他到南京来找我玩，带我去南邮找他的高中同学，那次变成了三个人一起玩。他离开南京之后，我跟他的高中同学成了朋友，又转而认识了他的班长。

我从来不知道，原来世界上还有一个跟我那么像的人，弹吉他，唱民谣，写民谣，我们在喜好这件事上，相似度达到了百分之九十。后来，班长毕业了，离开了南京。

我常常会想起他，想念那些开心的日子，其实，这千回百转的际遇，不过是因为我去了一趟西塘。如果不是那样，我也许永远不会知道，同一时间，在同一座城市，有着另一个版本的自己。

如此，我珍惜所有的遇见，珍惜每一趟旅行。

在毛里求斯的时候，看到那些有钱就能开间宾馆的当地人，那种生活方式，自得其乐，自给自足。我想，人们想去更多的地方，大概并不是因为旅行可以真真实实地让你看到什么、给你带来什么，至少我觉得我不能，我在旅行中唯一能够得到的，是知道了所有人都可以选择自己的生活方式。原来在这个地球上，这么多的人，一样长着脑袋与四肢，却活成了截然不同的样子。遇见那些原本在自己的世界里并没有的生活方式，如果恰好有喜欢的，就去努力，去选择，去实现。

我和飞龙有着自己的五年计划，随着摆摊这件事慢慢走上了正轨，我们的原创作品也签给了若干家大大小小的创意机构，可以有组织、有规模地摆摊了。五年之内，我们要带着世界地图，摆着摊去更多的地方，在遇见第一眼就喜欢上的地方停下来，做一个工作室，在那里生活下去。

那里将是我们的家，安放曾经不安于室的大好年华。

评论：佩服姑娘的勇气，女侠饶命！

嘉×××轩（匿名）

最后一份礼物

城市： 西安

讲故事的人：安安

这是我一个大学同学的故事，虽然她已经在几年前去世了，但是从她生病开始，我们始终没有人敢去看她，不是不想，而是不敢。所以，现在想起她的样子，仍然是当初那个健康的小姑娘，在我们心里她从未离开。

她不是个漂亮的姑娘，黑黑的，壮壮的，又生性内向，话少，给人的感觉是一副冷冷的不好接近的样子，但其实跟她混熟了之后就会知道，她很好相处，单纯善良。

也许是性格原因吧，她一直很喜欢一个人独自出门旅行，是个彻彻底底的独行侠。她去过很多地方，都是一个人去的，她说喜欢一个人在路上的那种安静，觉得很有安全感。

后来有一次，在她一个人去西安的火车上，她遇到了一个男孩儿，同一个目的地，自然而然地就成为同伴了，又差不多年纪，一路无聊，就开始聊天。聊着聊着特别投缘，男孩儿本身就是西安人，只不过不是西安市里，但距离也不远。

这次她的旅程终于不是一个人了，男孩儿带着她走遍了西安的大街小巷，几天下来，两个人就相互有了好感。

姑娘回学校之后，就跟男孩儿确定了恋爱关系。

本来还以为这一段萍水相逢的缘分可能不会那么扎实，没想到两个人一直谈到了大学毕业，感情一直很好。

我们毕业之后，姑娘就跟男孩儿结婚了。

姑娘是南京人，嫁到了西安。我们都去参加了她的婚礼，谁也没有想到，那个曾经黑黑壮壮的姑娘，竟然是全宿舍第一个结婚的。那天我们也看到了另外一个她，穿着新娘装的“独行侠”，这次终于不再独行了。我们都由衷地为她高兴。

可是一切美好的开始常常伴随着阴霾。她结婚之后没过多久，就查出来得了白血病。她是家中独女，父母卖了南京的房子，砸锅卖铁筹钱跑去西安，在西安租着房子住，照顾她。而她的老公，也是不离不弃，白天上班，晚上到医院陪她，将她照顾得无微不至。

我们经常打电话给她，后来不敢再打给她，只打给她老公。男孩子一直对我们说，她现在没有头发了，她很不好，但是不管她后面怎么样，我都不会放弃她的……

每次都是以我们双方在电话中痛哭作为结局的。

自从生病开始，姑娘还是撑了挺久，前前后后大概有一年多，但最后她还是去世了。

后来每次同学聚会，还是会说起她，说起当年的“独行侠”，在她生命的最后一段并不孤独，有一个爱她的人在她身边，这大概是上天赐给她的最后一份礼物吧！

评论：造化弄人啊，谁说爱笑的姑娘运气都不会太差呢？但从另一个角度想，在生命的尽头遇到一个真心相爱的人，大概也真的是极其珍贵的一份礼物。有些人，漫长的一辈子，都没有遇到过那样的一个人。

匿名

第 6 章

小 确 幸

生命中来来回回

每次都要遇到那么多擦肩而过的人

他们给予的小温暖

是这世间最温柔的礼物

快递员的“礼物”

城市：南京

讲故事的人：可乐

这是发生在我身上的一件糗事。

一个周末的早上，我在床上睡得正香，忽然听到外面有敲门声，有人在大声喊我的名字。我猛然惊醒，想起前几天在淘宝网上买了件内衣，现在应该是快递员来送货了。于是衣服也来不及换，头也来不及梳，连忙披头散发地跑去开门。

我本来以为不过就是三秒钟的事，签名、拿货、关门，我以迅雷不及掩耳之势完成这一系列动作，谁会在意我是梳妆打扮好的，还是衣衫不整、眼角带着眼屎的呢？

但意外无处不在，在我把门打开的一瞬间，我突然觉得肚子有点异样，快递员是个跟我年纪差不多的男孩，我下意识瞥了一眼，还挺帅！

帅哥递过来包裹单让我签字，与此同时，我的肚子“咕噜”响了一声，我猛然意识到自己想放屁！此刻我纠结不已，放，还是不放呢？但是，这件事已经由不得我了，人有屁时，身不由己，真的快要忍不住了！在我签完自己名字的一瞬间，已经忍到极致，我想，豁出去了，也许没有声音呢！

当我们希望一件事往好的方面发展时，它往往会出现最坏的情况。

我万万没有想到，那个屁不仅不是没有声音的，而且，还是一个响亮的屁！声音大到我肯定帅哥快递员一定听到了！而且一定听得真真切切！因为他拿单子往回收的手还抖了一下！

我太恨这个万籁俱寂的上午了，为什么邻居没在装修，为什么没有狗叫，为什么没有小孩子哭，在我需要这些烦人的声音来掩盖这个响亮的屁时，周围竟然这么安静！

我都没敢抬头看快递帅哥的下一步反应，就“嘭”地把门给关上了，接着，我就听到门外传来快递帅哥爆发的狂笑声。

你以为事情到此结束了吗？不不不！快递帅哥并没有从此消失在我的生活中！

我是个网购狂人，连钥匙扣这种小东西都会在网上买，所以，收快递是一件多么正常的事！网购习惯改不了的直接后果就是：后来我再在网上买东西，只要卖家是用那家快递寄送，就会一直都是那个帅哥来送。而每次，只要我一开门，看到那个帅哥，他就会对我傻笑。我签收时只能把头低到不能再低，恨不得东西可以从门缝里塞进来，这样我就可以不用面对他。

就这么过了很久，我已经习惯了与帅哥的尴尬会面，每次签单都不超过三秒钟，签名、拿货、关门。然而有一天，帅哥送完快递，扭扭捏捏地站在门口，掏出手机，对我说："你可不可以等下再关门？"我吓了一跳，立马警觉，心里想，干吗？又想取笑我？

帅哥在手机里面翻了一会儿，翻出一个音频文件，把手机凑到我耳边，我听完都没听出来是什么，一脸茫然地看着他。

帅哥急了，憋得一脸通红，鼓足勇气说："这是我拜托室友录的一段录音，是我磨牙的声音，很难听是不是？很变态是不是？不过这回好了，我听到你放屁，你听到我磨牙，咱俩算是打平手了，你以后看到我不用再那么尴尬了，好不好？"

帅哥看我张着嘴没反应，又补充道："本来我也想录个自己的屁，但是，难度太大了……"

我完全愣住，好一会儿才反应过来，然后，就像上次帅哥笑我那样狂笑不止，楼道里回响着无比恐怖的男女混合双笑，持续了好久。

后来我搬了家，离开了那个小区，再也没见过那个快递员，但我时常会想起他。原来，世界上还有这样一种体谅和幽默，来自陌生人。

评论：哈哈哈哈，在办公室打开网页，忍不住笑出声来。以前租房子的时候遇到过一个合租的室友，她睡觉打呼噜，还死不承认，我就用手机给她录下来，第二天放给她听，她还是坚决不承认那是她在打呼。后来她竟然半夜忍着不睡觉，录我做梦时唱歌，现在想想很好笑啊！

春×××少（匿名）

扛包裹的“恶房东”

城市：北京

讲故事的人：七八月

那年我初到北京，在朋友的介绍下租了一套房子。房租很便宜，还可以短租，又有朋友相邻。唯一的问题是房东不太好相处，但作为一无所有的北漂，能有个地方落脚就不错了，容不得我挑三拣四。

我租房时的价格比朋友的高，问房东原因，他说涨价了。我有点迟疑，又有点郁闷，这不是坐地起价吗？！但房东一催再催，本来说帮我留一天，后来竟然一天也不肯为我留，让我立刻、马上、现在就拿主意给准信。

虽然我对他逼得这样紧非常不高兴，却也真的怕会租不到那最后一间房，如果这样，到了晚上我就只能去睡大马路，于是只好慌忙定下。

朋友帮我讨价还价，费劲唇舌大半个小时，他一分钱也不降，并且理直气壮，将我们数落了一通。因此，我对他的印象更加不好了，这就是个见钱眼开毫无同情心的守财奴啊！

但他的哑妻对我们却很热情，每天咿咿呀呀地比画，与我们鸡同鸭讲地聊天，眼神里都是友善。

刚到北京的日子真是像地狱一般，我先是水土不服，接着因为赶稿及找房，我两夜无休，吃东西也没注意，吃坏了肚子，全身无力。

因此租到房子的第二天，出门办事的我半路头疼、肚痛、呕吐不止，想打电话给朋友，手机竟然还停机了，真是屋漏偏逢连夜雨。我进退两难地坐在马路旁，看着路上熙熙攘攘的人群，没有一个与我有关，陌生的脸、陌生的景物，我不过是这城市里被遗忘的一隅，心里觉得更加悲凉。

原本半小时就能到家的路程，我走走停停，折腾了三个小时才走到，差点以为自己要死在路上。

北漂的日子才刚刚开始呢，一连串的不顺让我觉得特别委屈，看着停机的手机一点儿办法也没有，跑去找房东借电话打。我手里拿着两块钱，对他说："就打个市话，两分钟。"

这回那个恶房东倒是什么都没说，看了我一眼，赶紧把电话给了我。电话接通，那头朋友刚说话，我便稀里哗啦地哭了。各种委屈、各种不舒服通通涌上心头，好像这个世界偏偏针对我一个人发难，那种心情大概不仅仅是当时的情绪，而是积蓄已久的全面爆发。

挂完电话，我擦干眼泪，给房东钱。他不要，我倔强地扔给他。

他似乎有些慌乱，也许是不经常见女孩子哭，也许是同情我。他说："我给你煮碗面，一天没吃东西怎么行。"

我本来就不喜欢他，更不需要他在这个时候怜悯我，我赌气说不吃，转身腾腾腾地下楼了。

从那件事之后，"恶房东"的态度似乎好了许多。第二周有我的包裹寄来，因为只能用他的地址去邮局取，我去找他借身份证。

他问我怎么去，我说打车。他说："打车贵，太远，不值。我跟你去吧，我带你坐公交车。"

我拗不过他，和他一起坐公交车去了。

到了邮局，工作人员提出来一个硕大的编织袋，塞得满满当当，笨重无比，比我想象中还要重。邮局距离公交站也有一段路途，并不是一出门就能搭到车的，要扛着那个编织袋走过去。

"恶房东"什么也没说，扛起编织袋就走。他吃力地把编织袋背在身上，硕大的袋子都快把他整个人给湮没了。我跟在后面看着他的背影，每走一步都特别揪心，几次拦住他，求他说："算了算了，我去打车。"他却怎么也不肯放下来，一直说他可以的，没关系，不要浪费钱，能省一点儿是一点儿，以后可以租好一点儿的房子，不必住得那么简陋。

那个巨大的包裹就这样被他拖了回去，高一下低一下，那个画面令我愧疚了许久。

他腿不好，是个瘸子。

我在他那儿住了很久才搬走，我再没喊过他"恶房东"。后来我常常想，有时候人与人之间就是这样，不了解的时候隔着一堵墙，需要给彼此一点儿时间，不要在一开始的时候就去给对方下定论，因为，你可能会误解一个好人，也会因此失去更多的温暖。

评论：虽然这句话很俗，但我始终坚信——人间处处有温情。

匿名

皇岗的士站的老太

城市：深圳

讲故事的人：和小忘

2012年8月我去香港出差，回程经过深圳，从落马洲过关到皇岗。

过关的人很多，我怀疑一大半的人都去打车了，因为的士站排着很长很长的队，大家都等得很不耐烦，有同伴的有一搭没一搭地聊着天，没同伴的玩着手机。

那天天气很热，烈日当空，深圳的高楼大厦将整个城市衬得烦躁无比，打车、乘地铁、购物、吃饭……哪里不是这样长长的队伍呢？有人说它是座没有人情味的城市，大概是因为人太多，所以只剩人味了吧。

还站在队末的时候，我就看到队伍的最前面有个老太太，花白的头发，穿着一件碎花的背心，脖子上搭一条毛巾，微胖，敦实。她不停地穿梭在排队等车的人和出租车之间，一辆车子开走，她就马上指挥后面的车子开上前来，然后招呼排队的人往前走，帮他们把行李放进后备箱。

她的动作非常快，非常连贯，如果没有看到她的样子还以为是个壮年小伙子。其实，我也是渐渐靠近她之后才看清的，她看起来应该至少有六十岁了，背也挺不直，满身的汗。虽然毛巾搭在脖子上，也来不及擦，不得不去擦的时候，大概是汗水已经滑进了眼睛。

当时我愤愤地想，这个地方怎么能雇这么大年纪的老太太干这种活！我等了已经至少有二十分钟了，她一秒都没有停，这一天下来，就算是个小伙子也吃不消的！

慢慢地，我挪到了队伍的前面，前面只有四五个人了，这才看到老太太身边的栏杆上挂着一块硬纸板，大意是说：乘客们，我在2008年的汶川地震中失去了家园和亲人，辗转来到深圳，在这个的士站给大家拦车搬行李，为大家提供一点点便利和帮助，如果你愿意，随便给一点儿钱，不愿意也没关系。

这个牌子应该算是老太太的“广告”吧。因为牌子太小，又是用一般的水性笔写的，很不显眼。乘客们聊天的聊天，玩手机的玩手机，很多人都没有注意到。排在后面的乘客基本也看不到这块牌子，等接近牌子了说明已经快排到车了，而从上车到车开走的过程是非常短暂的，车来了，上车就走，几十秒的停留而已。

所以，给老太太钱的客人并不多，我看到的也就几个而已。但是这一点儿都没有影响她的积极性，她一直那么斗志昂扬，好像全身都是力量，来来回回、不厌其烦地替乘客拎巨大的箱子，不停地大声对他们说："再快一点儿！到您了！您先上车，我帮您拿箱子！小心！再见！"

却没有一句向乘客要钱的话。

排在我前面的两个看上去像商务人士的男子给了她五块钱，她照例说谢谢，没有多余的表情，迅速投入下一轮工作。

不知道为什么，在她帮我将行李拿上去的一瞬间，我的心里很难过很难过。我想跟她说不用了，我自己来，但是她的力气很大，不容我反抗，好像在用这种方式告诉所有人，她是在靠劳动挣钱，不靠乞讨，也不靠同情，这是她的工作！

我也给了她五块钱，车子迅速驶离，她的身影在后视镜中渐渐成了一个小点。我想，如果不是那场地震，大概她也是个幸福的母亲吧，可以跟自己的家人在一起，就算没有富裕的生活，总归是有一个家，一定不会像现在这样，变成一个漂泊的人。

我不想去怀疑她是骗子，她给别人带来了便利，为乘客提供了帮助，她付出的那些汗水和劳动都是真实的。

如果你有天路过皇岗的士站，打车的时候再看到她，请给她一点儿钱，为她的劳动买单，也为一个六十多岁的老太太的坚强买单。

评论：就算她是骗子，可是她付出了劳动，总比那些四肢健全抱着娃在大街上一坐，等人给钱的要好得多！换个角度想想，宁愿她是骗子呢，那样的话，这世上便少了一个可怜的母亲和不幸的家庭！

丁×××西（匿名）

与乞丐聊天

城市：北京

讲故事的人：浮小云

在城市的各个角落都会有一些乞丐，脏、危险、落魄是世人对他们共同的印象，谁见到他们都要躲着走，尽量离他们远一点儿，更不会有人想去了解他们到底拥有怎样的人生。有一天，我跟姐妹小秋决定去近距离接触一下乞丐们的生活。

我们没什么特别的目的，只是好奇心强烈，想了解不同人的生活，想和不一样的人聊聊天。

我曾在上海看到一个六七岁的小姑娘和两个乞丐相谈甚欢，小姑娘打扮乖巧，一个人，而乞丐浑身脏兮兮的，可他们言谈自在，丝毫不觉得有什么不妥。

小秋说她曾在北京的秀水街看到一个乞丐跟老外用英语交流自如，让她顿时觉得自己的英语白学了。

我也考虑过，或许我们会找不到乞丐，或许我没有勇气上前，但事实却比想象的要顺利。其实，想找一个乞丐何其简单，几乎每个地铁通道都会有，找不到是不可能的，但是上去攀谈确实需要一定的勇气。

上午十点四十，我和小秋到达约定的地方，在地铁的某个出站口，我们发现了一个乞丐。他一身塑料袋行头，很有创意——头戴白色塑料袋，身上裹了两个户外垃圾桶用的那种特大号的黑塑料袋，席地而坐读着报纸，一边读，一边自言自语，还不时地往一旁吐口唾沫。

我们走到他的面前停下，他没有理会。我决定豁出去，望着他散落满地的报纸说："好多的报纸啊！"

搭讪成功，话题就这么聊开了。

他并不排斥我们，只是看我们对报纸感兴趣，猜我们是学新闻的大学生，我们硬着头皮说是。于是他很认真地问我们新闻具体是怎么分类的，是不是有记者这样一种专业。

我本以为他只是随便铺了几张报纸在身边而已，以为他拿着报纸念出声是在搞怪，还怀疑他是否真的识字。但很快我发现自己大错特错，他不但识字，还阅读广泛，记忆力好，不时地纠正我的"语误"，让我时常产生情何以堪的感觉。

他手边的报纸分别是《参考消息》《新京报》《京华时

报》，他还给这三份报纸排了序：他最喜欢的是《参考消息》，说它比较权威，而《新京报》对他来说又比《京华时报》好一点儿。

他说自己每天都买这三份报纸，全翻一遍，不存，随手扔。第二天再买，感兴趣的新闻他就多看几遍，还不时地跟我们探讨，絮絮叨叨，吐字不清，还喜欢在每句话后面加个类似于口头禅的“呀么嘿”。远观或者暂时围观的人完全听不懂他在讲什么，或许他们都以为他就是个疯子，看我们两个姑娘一本正经有说有笑地跟一个乞丐聊天，不时地有路人驻足围观。

乞丐坐着，我们蹲着，蹲累了，他就把报纸给我们，让我们也坐下。

这个乞丐阅读面十分广，他也不谦虚，随口说了几个名著：《钢铁是怎样炼成的》《红与黑》《简爱》……都是他中学那会儿读的，国内的名著就读得更全了。他还喜欢上论坛，去网吧发帖，天涯、猫扑……这些论坛都会去。那一刻我想，自己说不定曾经翻过他的帖子，瞬间觉得网络真是诡异，你果真不知道对面电脑前坐的是怎么样的一个人。

他不喜欢韩寒，说他是“注水肉”，他和我们谈李敖，那是他的菜。他不喜欢孔子，和我们谈老子，他说：“老子写的什么你知道吗？”

我们答：“《道德经》。”

他又问：“《道德经》讲什么？”

我猜他不知道，随口瞎说：“仁义。”

他说：“那是孔子！”

我很惭愧，被他多次纠正，后来我就一件时事随口发表了个看法，他看着我的眼里闪出“朽木不可雕”的神情，说：“我得纠正你，不，纠正已经不能表达我的愤怒了，我得扶正你！”

我们跟他聊了很多话题，他都一副问不倒的样子。也难怪，一天三份报纸读个通透，大学生和上班族也未必有几个能做到。

我们也谈了金庸。我说：“你还看武侠呢？”他很不屑地说：“切，多正常。男的看武侠，女的看言情。”

那一刻我看着他，觉得他就是我大学时代的某个学长，连说话的神情都那么像。

他说他养过猪，卖过电脑，做过建筑工人，最后选择了做乞丐，因为他觉得世间罪恶太多，所以他要远离罪恶。

我问他看过《七宗罪》没有，他说知道，没有看，让我讲讲大致内容。我说完，他立刻一通批判，表示不认同，他的反应速度令我诧异。

他乞讨的碗旁边写着一行字，是打印的，具体内容我忘记了，大致意思是：只接受不喜富人的路人的施舍，恕不解释。

他对我们重复了好几遍马克思的话：资本来到世间，从头到脚，每个毛孔都滴着血和肮脏的东西。

说这句话的时候他很激动，面部轻微抽搐，手微微发抖。

在他眼里，越有钱的人罪越大，因此他与我们聊天，是觉得我们是穷学生，罪并不大。

聊到累了，我和小秋去吃饭，小秋给他买了一个饼，我给他买了瓶水，准备带给他。

但是回去的时候，有两个保安站在那里。我们上前问保安怎么回事，保安说："他是个神经病，你们别过去，他会抢女孩的钱和吃的。"

我很诧异，问他："你见他抢过吗？"

他没有正面回答，只是重复了刚才的话。

我们没理会保安，径直走到乞丐旁边，乞丐跟我们打招呼，我把水拿给他，他摆摆手说："不要。"

声音不大，却很坚定。

小秋掏饼的手放在兜边，听了这句话又赶紧缩了回去，没有拿出来。

我看乞丐的眼神，猜他的意思是：我们已经很熟了，想聊天可以再来，我不需要可怜和同情，我有工作，我是乞丐，饿不着。

于是我们离开了。

评价：我听我妈说，以前她们那儿有一个富翁，做生意赔了很多钱，老婆带着孩子跑了，他一个人觉得没意思，拼命赚那么多钱还不是为了可以每天躺着晒晒太阳享受人生，于是他去当了乞丐。当时我听了觉得这完全就是渔夫和富翁的故事。

暖×××暖（匿名）

桐乡少年

城市：扬州

讲故事的人：和小忘

2005年的3月，我大学就要毕业，工作还没有着落，未来一切未知，整个人一片空白，攒了一点点钱，独自一个人开始了毕业之旅。因为一直心心念念想去西塘，我在网上随便做了点攻略就出发了。

在汽车站买了去嘉兴的汽车票，上午九点多的，说是要开五个小时左右，我估摸着下午两三点应该就到了，那时候天也没黑，不早不晚刚刚好。

但谁知道这辆车还没有开出扬州城，就因为带了太多货被交警拦了下来。两个司机下了车，一直在交涉，我们一车人就这么被晾着，傻等。

坐在我旁边的是个少年，看起来很年轻，问他几岁也不肯说，应该不到十八岁的样子。只是说跟着一群老乡来打工的，但是没有赚到钱，要回桐乡去，说桐乡有很多羊毛衫厂，回去之后，他会去其中一家当工人。

他问我你是干啥的呢。

我告诉他我是学生，还没有毕业，逃课出来玩的。

他很兴奋，眼睛都是亮的，一路问我学校的事情，都上些什么课，大学是不是特别自由，要写作业吗，也一样要考试吗，考不及格怎么办，读的书是不是特别难，等等。

他说上学的时候他的成绩也很好，但是家里孩子多，还有一个哥哥和两个妹妹，没有那么多钱供每一个都上学，他上到初中毕业就出来打工了。

他还说有个妹妹成绩挺好，以后肯定也得上大学，变成大学生，就像你这样。他笑起来透着一种淡淡的天真，让人觉得很亲近。

我把学校的事情慢慢说给他听，一直到车子终于开动，才发现已经过去快两个小时了。车子停下的间隙，他下车去路边的水果摊儿买了几个苹果，非要分给我，我拗不过他，拿了一个。

但戒备心还是有的，陌生人给的东西，怎么也不能随便吃的，我一直握在手里，不管他怎么劝说，都编个理由搪塞他。

后来他还是看出来了，说你不敢吃是吧，呵呵，我能理解的，出门在外，是要当心一点儿。

我突然不知道说什么好了，看到他眼睛里有一点儿小小的失望，但我还是狠心没有吃那个苹果，他也没有非常介意，照样给我讲他的家乡，说桐乡的一些事，后来说要不然你别去西塘了，跟我去桐乡玩吧！

我笑了，但看得出来他是认真的。我再次拒绝了他，后来一路上他都没有说话。车子一直开到四点多才到嘉兴，但是竟然没有进站，在大马路上就把我扔下来了。

少年没有下车，我下来的时候，他从车窗里安静地看着我，对我挥手。

很多年之后，我已经记不得他的样子，却一直记得他从车窗里望着我的情形。还有那个他给的苹果，我一直没有吃，从西塘带回了学校。后来被一个同学吃掉了，好好的，没有毒。

评论：“好好的，没有毒。”不知道为什么，这句话在结尾很戳心。

妮×××（匿名）

卖盗版碟的小伙子

城市：南京

讲故事的人：墨绿

2005年的初夏，我大四快毕业，在一家报社实习。我被分到房产部，由一个资深记者带着我。

这是一个很好的学习机会，原本我也是这样想的，但是当我真正开始工作时才发现自己太天真了——跟平日熟悉的社会新闻完全不同，对于一个没有任何社会经验，没有新闻敏感度，并且从未接触过任何房地产知识的小姑娘来说，写房产新闻真的是太难了。

楼盘均价、印花税、建筑容积率、套内建筑面积、低层、多层、小高层……这些专业名词拼在一起就好像一部天书，虽然我很努力地去看，但还是看不懂，更别说去写！

所以我的实习生活就是每天在办公室里垂头丧气、度日如年，如同打了一场败仗。

当时报社刚刚搬家，新的报业大楼坐落在繁华的市中心，房价高得吓死人，周围证券大楼、银行大厦鳞次栉比，处处可见打扮干练的时尚白领。

有意思的是，与大楼隔着一条街的是一家超市，每天晚上都会有很多人在这条路上摆摊，卖盗版书、盗版碟、不干净的肉串儿、廉价的瓷器和劣质的袜子……这是一个很耐人寻味的画面，仿佛一个城市的光鲜与落魄隔街相望。

有一天下班我去了对街，因为毕业论文没有完成，我得去买。一路顺着摊位寻过去，终于找到一个卖盗版碟的地摊。摊主是个年轻小伙子，大概是平时很少有人买设计软件，小伙子显得很热情，边找钱边跟我聊天："你怎么要买这个呀？这是设计师用的软件吧？你学什么的呀？你现在是上班还是上学啊？"

我心想这人话可真多，但他看上去十分纯朴，我也只好耐着性子回答："我现在还在上学，但是马上就要毕业了，现在在对面那栋楼实习！"

说完我顺手指过去，我从来没有在这个时刻好好地打量过那栋大楼，它可真气派啊！隔着一条马路，灯火通明的、崭新的报业大楼在夜色中散发着迷人的光彩，像一个骄傲的公主，在彰显自己的优越感，连我自己都在一瞬间觉得有些骄傲了。

果然，小伙子立刻流露出兴奋而又羡慕的眼神，激动地说：“原来你是记者啊！真好，你真厉害！”

我的虚荣心得到了强烈的满足，大概在外人看来，凡是出入那栋楼的人都是记者吧，至少都是有文化的人。

我只是笑笑，没有否认，也没有承认。虽然我只是个失败的实习生，但是在这种情况下，虚荣心还是压倒性地占了上风。我买走软件光盘的时候，小伙子还少收了我两块钱。我走到路口的时候习惯性地回头看包，发现他还在朝我挥手。

买了光盘之后，我就忘了这件事，也忘了这个小伙子，谁会记得一个萍水相逢的小贩呢？就这么过了大概一个星期，我因为稿子写得很差被留到很晚才下班，白天还挨了老师骂，心里委屈得快哭出来了。

我一个人无比失落地走出大楼，突然看到一个人咧着嘴朝我跑过来。我还在想这个人好面熟，他竟然径直走到我跟前，伸手递了一张碟片给我，兴奋地说：“可算等到你了，怎么那么多天都没看到你从我那边走啊？这个给你，累了的时候听听音乐放松一下。”

我这才想起来，他是那个卖盗版碟的小贩！我突然生出一种本能的警觉，心里闪过“不会是骗子吧”的念头，他好像知道我在想什么似的，难为情地笑笑，安慰我说：“你别害怕，我没别的意思，我以前也很想上大学，也想进这样的写字楼当记者，就像你这样。真的，我小学作文比赛还拿过第一名，只是后来没有再念了，真的！”

我还没有反应过来，他就一溜烟跑掉了，我看着他消失在霓虹灯中的背影，许久都没有回过神来。

那天之后我总想要不要去找他，当面感谢他，但又觉得有点难为情，总是想着下次去，下次一定去，而且，要送他一样礼物！但时间就这么一天天过去，一直到我正式毕业，离开报业大楼——我最终还是觉得自己不适合做房产记者，那并不是我的理想，而是大家期望的可能光鲜的饭碗而已。

实习结束的那天晚上，我终于决定去找他，想与他告别，但是我找了一条街，都没有见到那个笑得憨憨的小伙子。

后来，我就再也没有去过那栋报业大楼，也再没有经过他摆摊的地方。不知道他怎么样了，是去别处摆摊了，还是有了自己的小店，或者，去上学了，回家娶媳妇儿了，当父亲了……

但我一直记得他，想起他的时候，总会觉得心里有一点点温暖。他让我知道，不管什么样的人，在什么地方，什么年纪，做着什么样的工作，都曾经有过理想。而理想本身，就足够让我尊敬了，不是吗？

那么，你还记得自己最初的理想是什么吗？

评论：大学毕业时，我们宿舍的四个人吃散伙饭，喝得烂醉，说了各自的理想，一个是要开农庄，还有一个喜欢画画的说要开自己的画展，另一个说要挣很多钱娶班花，而我的理想，是要做一个特别厉害的网站。后来毕业五年聚会，我们谁都没有再提曾经说过的话。北岛有一首诗：那时我们有梦，关于文学，关于爱情，关于穿越世界的旅行。如今我们深夜饮酒，杯子碰到一起，都是梦破碎的声音。

辰×××（匿名）

流浪汉与流浪猫

城市：武汉

讲故事的人：水果

那一年一直下雪，下得整个世界惨白惨白的。

流浪汉就住在小区门口的垃圾堆旁边，每天按需从垃圾堆里淘出对自己有用的东西。

但这一年的雪实在太多了，非常冷，手伸出来，好像掉进了冰窖里。

流浪汉每天披着捡来的破棉袄冻得瑟瑟发抖，小区里的人都很害怕，也许说不定哪天，他就被冻死在那儿了。

有好心的人从家里抱来旧棉被给他，他也会说谢谢，会对他们笑。

有一天，雪仍然下得很大，到处白茫茫一片，小区的人发现，流浪汉的窝变样儿了。

他在自己的破席子上搭了个小窝，里面有个什么东西一动一动的。

仔细辨认，原来是一只小猫，缩成一团，黑白相间的花色，在流浪汉给它搭建的小窝里，睡得很香。

柳絮一样的雪花在他们身边洋洋洒洒，流浪汉与流浪猫，相互取暖。

他们好像活在自己的世界里，那幅画面温暖无比。

之后的每一天，大家都能看到这两个流浪的生命，流浪汉会像逗小孩子一样逗那只猫。

他将他唯一的破棉袄给小猫当了床，自己裹着破棉被。

但是他比之前快乐了很多，常常有人看见他逗猫逗得直笑，从垃圾堆里捡吃的给那只猫。还不知道他从哪里捡来了一只蛮漂亮的破碗，变成小猫的御用餐具。

那一年的雪不知道下了多久，本来以为流浪汉会挨不过去的。但人们发现，到春暖花开的时候，他从破棉被里出来了。带着他的小猫，站在车站旁边，对着来来往往的人笑，很开心的样子。

又这样过了一段时间，大家只看见流浪汉，看不到那只小猫了。有人猜想，大概是春天到了，小猫到了发情期，找到了心仪的伴侣，离开了。

流浪汉又开始形单影只地出现在那个垃圾堆旁，只是，再也没有人看到他笑。再后来，流浪汉彻底消失在了人们的视线中，谁也不知道他去了哪儿，再也没有人见过他。

每天我们都能够遇见各种各样的流浪汉。他们作为这个城市微不足道甚至是被人厌恶的一分子，谁也不会去关心他们怎么想，谁也不会在乎他们开心和不开心。他们微小到几乎连死亡都是可以被视而不见的。但是，对于那只小猫来说，他是一个善良的、热爱生命的好人。

每一个生命都值得被尊敬和珍惜，每一个生命都渴望有人陪伴，哪怕是一只猫。即便是一个流浪汉，他也有他的孤独。

今天回家的路上，留意一下你遇到的流浪汉吧，也许，会有新的发现。

评论： 有点心酸，很小的一件事，但还是有点难过，那只猫，大概是流浪汉唯一的牵挂和陪伴吧。

心×××（匿名）

最好的故事

城市：南京

讲故事的人：丛平平

我这辈子从来没有想过，有一天会以客人的身份参加自己的婚礼。

2012年5月底，我跟老公结婚已经大半年了。因为懒，也可能是因为觉得自己胖胖的身材穿上婚纱像个包子，不想丢人现眼，所以除了父母在老家请亲戚吃喝了一顿之外，我俩只是去民政局领了证就算是结婚了，也没有特别通知朋友，更没有大费周章地举办婚礼。

结婚嘛，就那么回事，自己觉得舒服就行。这是我们俩觉得最舒服的方式，简简单单，生活并没有因为结婚而有什么不同。

我跟老公都是南通人，从小就认识，高中三年是同班同学，彼此的朋友圈有很大一部分是重合的，我的同学也是他的同学。高中我们所在的班级是五班，全班有五十多个同学，老公是班长，属于德智体美劳全面发展又热心参加各种活动、各种比赛的那种人，加上那时候咱们乡下孩子没见识，所以老公那种姿色平平的人也被当成校草火了一段时间。

那时候的他当然没看上我，我们并无太多交集。而且我们的班主任是个很严厉的人，生怕我们早恋干出什么大逆不道的事情来，班上的座位也被严格分成了男女两区，女生在前四排，男生在后四排，泾渭分明。在这样沉闷的气氛里，我们当然没法有太多交流，一直到高三毕业，我跟班上有些男生讲话都没超过十句。

很多年之后，我跟老公才开始真正谈恋爱，班上的同学知道我俩在一起之后的反应都是一样的：啊？不会吧！

太诧异了，这两个人根本没有交集啊！但人生就是这样咯，总是出其不意。

后来我们高中同学毕业十年聚会的时候，几个活跃的同学向我们下通牒：如果我们俩结婚，一定要办婚礼，班上的同学全都要参加！

结果我们偏偏没有办婚礼，我们自然被同学们一阵埋怨，这事儿就这么过去了，不再有人提起。

直到大半年之后的一天，同学亮打来电话，说过几天是他三十岁生日，让我们回老家参加他的生日宴会。说起来，我们就快三十岁了，同学中大办三十岁生日会的，亮倒是头一个，不过他家是做生意的，而且生意做得很大，生意人可能讲究这个吧。

本来我也对这件事没有太在意，心想到时候有空的话就回一趟南通吧，反正也很久没跟同学们聚一聚了，见见同学也算是开心一下。但那天之后接连好几个同学都给我打来电话，说起亮生日的事，强调让我和老公一定要回去，说亮喊了很多同学，几乎全班都聚齐了。

看来大家的日子都很没劲啊，一提到聚会有酒喝，这帮人总是积极得要命。

眼看着亮的生日越来越近，我刚好换了一份新工作，被安排出差去景德镇。而且新单位是单休，亮生日那天是周六，按理我是要上班的，请假也麻烦，于是心里想着可能去不了，要不然就给他买份礼物寄过去得了。

我知道亮喜欢喝茶，于是在景德镇给他买了一套手绘茶盏，店主声称是名师作品。拿回去被老公批评太娘了，不适合亮，但好歹也是一份心意，生日嘛，收到礼物总归会开心的。

那天我从景德镇回到南京是早上六点多，老公说要去盱眙开会，用住别墅、吃龙虾诱惑我，我意志不坚定，带着大不了被炒鱿鱼的心情跟他去了。其间又有同学给我们轮番打电话，叮嘱我们一定要去，扬言要是我们不去，他们也不去了。

于是到盱眙的第三天，我们一大早爬起来去了南通。

我们到的时候已经有同学先到了，中午就有十来个人一起吃饭，一边吃还一边有人打电话来，汇报已经在路上了。我心想大家可真能凑热闹，中午我们一群女生坐在星巴克聊八卦，等到三点多的时候，有人说要去拿给亮订的蛋糕，晚上一起带到饭店去。我要跟去，她们不让，我又问她们要不要给亮包个红包呀？这是我们老家的风俗，出多少得告诉我，大家统一标准才好。

几个女人心不在焉地打发我，晚上再说啦！

等到晚上，我和老公一起去饭店，一个小包间，两桌，一共二十来个人。我心想大家还真够意思，来的人可不都是原来就生活在南通的，还有特地从外地赶回来的，就为了给亮过生日，实在太难得了。

但我跟老公都没有想到，这看似平静的生日会竟然是个圈套！

等到人都来齐了，关上包间的门，所有人开始起哄，让我和老公站到前面去。我不肯，以为是照例要闹我们的，我大叫以示反抗："今天亮生日，人家才是主角，让我们站前面算怎么回事呀！"

大家七嘴八舌地喊："不是亮的生日，你们才是今天的主角！"

我跟老公面面相觑。

蛋糕端了上来，打开，上面写着我们的名字，有人把玫瑰捧上来塞到我手里，大家一起啪啪鼓掌，齐声说：“今天根本不是亮的生日，是我们给你俩办的婚礼，惊喜吧！”

岂止是惊喜，简直是惊吓和惊魂，要不是我拼命忍着，一定当场飙泪了！

我心想一定不能哭啊，要不然这帮孙子一辈子都会笑话我的，一定不能哭！

那天晚上的几个小时中，惊喜接二连三。同学买了一对黄金的坠子给我当嫁妆，提前订好了KTV，还在酒店订了房间当作洞房。而且，这个酒店可不是随便找的，他们找了很多家，才找到这么一间有红色圆床还有按摩浴缸的房间，因为他们觉得，洞房要有洞房的氛围，绝不能将就。

我和老公像两个傻瓜，看着大家精心安排的所有情节，一步一步走进他们设好的圈套，只不过，这种当，上一百次也是情愿的。

一直忍着没有哭出来的我，心里百感交集。这一辈子，我从未想过会有一天参加自己的婚礼，竟然事先毫不知情！也从未想过，人生中能够收获一件这么美好的礼物。

我这辈子都不会忘记的。

那天一直闹到很晚，有人连夜走了，有人留下来第二天继续陪我们玩。那晚我跟老公躺在床上回想上学的时光，今晚这些人，不仅与我们一起度过了青春，还在我们青春的尾巴上，留下了一个动人的故事。他们都是故事的主角，而我们，不过是给这个故事画上了一个圆满的句号而已。

后来我才知道，早在一个月前，同学们就开始计划这次“阴谋”了，这个方案一致通过之后，用什么借口骗我们回南通成了最大的问题，最后他们敲定由亮担此重任，因为他最合适，他经常呼朋唤友张罗聚餐，换了旁人，我们可能真的不信呢。

为了防止提前泄密，同学们没有在班级群里说这件事，而是另开了个讨论组共商大计，最怕的是我跟老公有事来不了，所以他们还事先跟订好的饭店和酒店打了招呼，如果我们真的没去，他们就得重新想一个新的借口骗我们下个礼拜再回去。

但还好，我们俩如预想的那样，一步一步走进了他们的“圈套”，让他们的计划顺利完成了。

这是一个无论过去多久，每次想起都会觉得心里甜甜的故事。很庆幸在我的青春年华遇见了这样一群人，并且很久以后，我们仍在彼此的心里。上学的时候，因为我们班发生了好多事，那些事是我们五班同学共同的秘密，也是由于各种原因，当时我们并没有想象中那么感情深厚。反而是毕业之后，没有了束缚，也不再受到那个秘密的挟持，大家才有了更多的话题，走得更近了。

大一那年的寒假，我们班第一次办同学聚会，男生喝得烂醉如泥倒在街上，由没醉的一个一个送回家去；不久之后，QQ群开始流行，有人建了班级群，把我们班五十多个人全部找到，都加到了群里；2011年，当年高中六个班都在筹备高中毕业十年聚会，最后只有我们班真正实现了，来了三十多个同学，拍了十年后的“全家福”，每人有一份印着照片的纪念品……这么多年来，不管什么时候有聚会，大家总是有钱出钱、有力出力地积极响应，也许见一面聚一次并不能怎样，但事后想起来，暖暖的，这就足够了吧。

时间一天一天过去，我们都从当年的少男少女变成为人夫妻，为人父母，时光带走了很多，包括当年的我们。在工作之后，我们习惯了市侩，习惯了利用，习惯了冷漠，习惯了疲惫，习惯了忙碌……可是，还是有那么一群人，他们为你精心准备了一场婚礼，什么都不图，只是因为我们曾经是同学。因为我们是全班唯一走到最后、步入婚姻殿堂的一对，这种纯粹，瓦解了那层保护自己的盔甲。这份情谊，在这个淡漠的世界，像一枚闪闪发光的火花，照亮了心里某一个角落，让我们深藏一生。

我们是同学，不仅是一同学习过而已，还有一同走过人生中最重要的路。我想，很多年之后，我们的故事都会是我经历过的最好的故事，没有之一。

评论：我仍然用这个故事作为新版《你好，有故事的人》的结尾，这个故事一直没有在店里上架，想作为之前“小黄书”的彩蛋，让它是独一无二的存在，所以我自己来写一条评论吧。到现在为止，这仍是我心里最好的故事，是每每想起时还会嘴角不自觉上扬，觉得温暖与幸福的故事。

丛平平